말하자면
좋은 사람

▪ 이 도서의 국립중앙도서관 출판시도서목록(CIP)은
e-CIP 홈페이지(http://www.nl.go.kr/ecip)와
국가자료공동목록시스템(http://www.nl.go.kr/kolisnet)에서 이용하실 수 있습니다.
(CIP제어번호: CIP 2014012156)

말하자면
좋은 사람

정이현 짧은 소설
백두리 그림

마음산책

정이현

〈문학과사회〉신인문학상을 받은 2002년부터 문예지에 소설을 발표하기 시작했으며 지금까지 소설집 『낭만적 사랑과 사회』『오늘의 거짓말』, 장편소설 『달콤한 나의 도시』『너는 모른다』『사랑의 기초: 연인들』『안녕, 내 모든 것』, 산문집 『풍선』『작별』등을 펴냈다. 이효석문학상, 현대문학상, 오늘의 젊은 예술가상 등을 받았다.

말하자면 좋은 사람

1판 1쇄 발행 2014년 4월 25일
1판 9쇄 발행 2019년 3월 5일

지은이 | 정이현
그린이 | 백두리
펴낸이 | 정은숙
펴낸곳 | 마음산책

등록 | 2000년 7월 28일(제13-653호)
주소 | (우 04043) 서울시 마포구 잔다리로 3안길 20
전화 | 대표 362-1452 편집 362-1451   팩스 | 362-1455
홈페이지 | http://www.maumsan.com
블로그 | maumsanchaek.blog.me
트위터 | http://twitter.com/maumsanchaek
페이스북 | http://www.facebook.com/maumsanchaek
전자우편 | maum@maumsan.com

ISBN 978-89-6090-184-1 03810

나는 아무도 없는 곳에 누워서만
울 수 있는 어른이 됐다.

∙
●
●

　나는 혼자서 밥을 잘 먹는 사람이다. 잘, 이라는 부사에는 두 가지 의미가 포함된다. 자주, 라는 뜻과 담담히, 라는 뜻.

　식당에서 혼자 밥을 먹다가, 그러니까 숟가락으로 떡만둣국 속의 김치만두를 반으로 자르거나 토마토가 삐져나오지 않도록 모차렐라 치즈 샌드위치를 조심스레 한입 베어 물다가 고개를 들 때가 있다. 사람들이 보인다. 팔을 뻗으면 닿을 만큼 가까운 거리다. 어깨를 살짝 웅크리거나 보풀이 일어난 카디건을 무릎 위에 올려놓거나 한쪽 손을 정물처럼 탁자 위에 가만히 내려놓은 채, 모르는 사람들이 밥을 먹는다. 지금껏 몰랐고 앞으로도 영원히 모를 사람들. 그런 우리가 지금 여기 모여 있다는 것, 모르는 서로의 온기 속에서 각자의 밥을 먹는다는 것이 문득 경이롭다. 아무렇지 않은 일들만이 이 도시의 기적이다.

내가 사는 도시는 수십만 개의, 좁고 더 좁고 더더 좁은 골목들로 이루어진 곳이다. 그 골목을 혼자 걷고 있는 사람에 대하여, 살짝 웅크린 어깨와 보풀이 일어난 카디건과 주머니 속에 정물처럼 가만히 들어 있는 한쪽 손에 대하여 쓰고 싶었다. 그들이 잠시 혼자였던 바로 그 순간에 대하여.

본업을 대하는 냉정하고 엄숙한 태도에서 조금은 비켜나 자유로운 형식으로 자유롭게 썼다. 일반적인 단편소설이 200자 원고지 80~100매 사이라고 한다면 이 글들은 20~30매 정도의 분량이다. 이야기라고 해야 할지 짧은 소설이라고 해야 할지 아니면 콩트라고 하는 게 더 어울릴지 한참 고민했다. 누군가 쇼트 스토리는 어떠냐고 해서, 그게 그거 아닌가, 라고 중얼거리기도 했다. 이름이야 어떻든 상관없다는 생각이 든다. 여기 실린 글들은 이야기이기도 하고 짧은 소설이기도 하고 콩트이기도 하고 쇼트 스토리이기도 하며, 그 모두가 아닐지도 모르니까.

그럼 무엇이기를 바라느냐 묻는다면, 말하자면 음, 좋은 사람과 보내는 오후 2시 30분의 티타임 같은 것? 이라고 대답하겠다. 단 한 명에게 작은 선물이 된다면 그걸로 족하다고도.

모든 책에는 저마다의 운명이 있다고 믿는다. 〈마음산책〉 편집자들과 일하면서 이 책이 세상에 나온다면 바로 이런 방식이어야 한다고 믿게 되었다.

그림을 그리신 백두리 작가께도 특별한 감사의 인사를 전한다.

2014년 깊은 봄,

정이현

차례

나는 당신을 잘 모르지만,
당신이 무척 섬세하고
강인한 존재라는 것을 느낄 수 있습니다.
들꽃처럼 당신은 잘 살아야 합니다.
나도 그러겠습니다.

견디다

대학 4학년 겨울방학. 그녀는 열한 군데의 회사에 입사 원서를 냈다. 그중 일곱 군데는 서류 전형 탈락, 세 군데는 1차 면접 탈락이었다. 마지막 한 곳은 마침내 사장 면접까지 올라갔으나, 안경을 썼다는 이유로 미끄러졌다. 공업용 가위를 수입하는 회사의 사무직이었는데, 면접을 보는 동안 사장이 그녀에게 한 말은 "이력서 사진하고 많이 다르네. 아무튼 요즘엔 포토샵 기술이 좋아져서 큰일이야. 그나저나 젊은 처자 중에서도 안경 쓰고 다니는 아가씨가 있구먼"이 전부였으니, 다른 이유로 떨어졌을 리가 없다고 그녀는 생각했다. 집에 오는 길, 쓰고 있던 안경을 벗어 지하철역 쓰레기통에 넣었다. 지금까지 열한 번 알아보았던 라식 수술 가격을 열두 번째로 알아보았고, 동네 사거리의 안경점에서 새 소프트렌즈를 맞추었다. 이제 그녀의 통장에는 팔만 원이 남아 있었다.

집에 도착했을 때 손바닥만한 마당 한편에 개가 묶여 있었다. 크지 않은 개였다. 종種은 알 수 없지만 한눈에도 밖에서 묶어 키울 만한 개는 아닌 듯싶었다.

"느이 아버지가, 김사장네 집에서 들고 왔단다. 이천만 원 대신……. 나 원 참."

어머니가 커다랗게 콧방귀를 뀌었다. 김사장은 아버지의 먼 외가붙이로, 아버지의 고향 마을에서 가장 성공했다고 자타가 공인하는 이였다. 무언지 모를 대규모 사업체를 경영하고 있다는 김사장이 어쩌다가 아버지 같은 사람에게 이천만 원을 꾸었는지 모를 일이었다. 아니, 애초에 아무도 본 적 없는 그 꿈같은 사업체를 믿고 알량한 퇴직금 대부분을 덜컥 빌려준 아버지가 더 문제였다. 지난주 김사장은 감쪽같이 사라졌고, 채권자들이 집 밖에 길게 줄을 섰다.

"아, 글쎄. 쓸 만한 건 벌써들 다 들고 갔더라고. 텅 빈, 넓은 집 한 귀퉁이에 저놈 혼자 쭈그리고 있더라. 어떻게 저 작은 것만 버리고 가나. 세상천지에 모지락스런 인간들 같으니라고."

변명 아닌 변명을 늘어놓는 아버지의 등짝을 어머니가 철퍼덕 소리 나게 때렸다.

"그런 모지락스런 인간인 줄 모르고 돈을 냉큼 갖다 안겼나? 지금 누가 누구 욕을 해욧?"

그녀는 이마를 와락 찌푸리며 방문을 쾅 닫고 들어갔다. 곧 졸업식이었다. 어쨌든 열두 번째의 이력서를 써야만 했다. 구인 사이트를 뒤진 끝에, '○○교육 가정방문 교사 모집. 대졸 예정자 환영'이라는 문구를 발견했다.

개는 밥을 잘 먹지 않았다. 찬밥을 뭇국에 말아주었더니, 국물만 조금 할짝대고는 이내 옆으로 밀어놓았다.

"고급 사료만 먹던 귀하신 몸이니 이런 건 입에 안 맞는다는 게지."

어머니는 불만 섞인 목소리로 투덜거리면서도 "그럼 사료를 먹여야 하는 건가, 그 개 사료라는 게 얼마냐?"라고 그녀에게 물어왔다.

"아우 씨, 내가 어떻게 알아?"

짜증스러웠다. 대문을 들락거릴 때마다 어쩔 수 없이 개의 곁을 스쳐 지나야 했다. 처음에 봤을 때는 눈치채지 못했는데, 퍽 늙은 개였다. 본디 벌꿀 빛깔이었을 몸체에 흰색 털이 듬성 듬성 섞여 있었고 이도 몇 개 빠진 듯했다. 새까만 눈동자만은 또록또록했다. 남동생은 개집을 만들어준다고 부산을 떨었고, 여동생은 벌써 이름까지 붙인 모양이었다.

"이천이 어때? 이천만 원짜리잖아, 힛."

어디에 취직하든, 그녀의 첫 연봉이 이천만 원을 넘길 가능성은 많지 않았다. 그녀는 철없는 농담을 아무렇게나 뱉을 수 있는 여동생이 진심으로 부러워서 화가 났다.

"축하합니다. 같이 일해봅시다."

'○○교육'의 국장에게서 합격 전화가 걸려오던 순간, 그녀는 하마터면 혀를 깨물 뻔했다. 그녀가 써낸 이력서와 자기소개서 내용이 몹시 뛰어나서 복잡한 과정 없이 단번에 채용된 거라고 했다. 그날 밤, 하늘에 모처럼 별이 떴다. 아니면 매일 밤 같은 자리에서 빛나던 별을 그녀만 보지 못했는지도 모른다. 그녀는 혼자 마당으로 나가 처음으로 늙은 개의 등짝을 쓰다듬어보았다. 목줄에 묶인 개는 순하게 그녀의 손바닥을 받았다.

'○○교육'은 시내 허름한 건물 꼭대기 층의 방 하나를 사무실로 쓰고 있었다.

"환영합니다. 우리, 뜨거운 교육적 사명감을 가지고 이 땅의 어린이들을 위하여 혼신의 힘을 쏟아봅시다."

국장이라는 사내가 열변을 토했다. 첫 출근 날이라고 치마 정장에 뾰족한 구두를 신은 채, 엘리베이터도 없는 5층까지 걸어 올라온 그녀는 그 말을 믿었다. 믿지 않을 방도가 없었다. 그녀와 함께 뽑힌 신입 사원은 모두 열 명이었다. 대머리 국장 말고는 전 직원이 모두 신입인 셈이었다.

신입들 모두 둥그렇게 앉아 자기소개를 했다. 강원도 소읍 출신의 청년은, 서울로 취직이 되어 간다며 부친이 마을 잔치를 열었다고 했다. 플라톤 철학으로 영국에서 석사 학위를 따고 돌아왔다는 여자는, 출강하던 지방대학 철학 개론 강의가 폐강된 뒤 2년여를 백수로 지내왔다고 했다. 모두들 여리고 착해 보이는 사람들이었다.

"내가 인복이 없지는 않은가 봐."

그날 저녁 그녀는 식구들 앞에서 첫 출근의 감회를 밝혔다. 어머니가 과육이 달고 단단해 뵈는 사과 조각을 그녀 앞에 밀어주었다.

"그럼 큰누나가 선생님 된 거야?"

막내 남동생의 말에 어머니는 "그럼"이라고 힘주어 말하며 고개를 주억거렸다. 그녀는 괜스레 켕기는 기분이 들었다.

"그나저나 걱정이네. 이천이 저놈이 통 먹지를 않아. 큰 마트까지 가서 사료를 사다 줘봤는데도 그저 낑낑대기만 하고."

어느새 어머니도 자연스레 이천이라는 이름으로 개를 부르고 있었다.

"안 그래도 골 아파죽겠는데 주워 와도 꼭 저런 애물단지를 주워 와서 사람 신경 쓰이게 하지."

불똥이 다시 아버지에게로 튀었다.

"근데 엄마, 좀 이상하지 않아?"

막내가 뺨의 여드름 자국을 득득 긁으며 말했다.

"쟤 말이야. 왜 똥을 안 싸는 거지?"

그러고 보니 이천이가 변을 보는 모습을 보았다는 식구가 아무도 없었다. 변을 치워준 적도 없다고들 했다.

"뭐야? 일주일 동안 안 눴다는 거잖아. 그게 말이 돼?"

여동생은 그럴 리가 없다며 갸웃거렸다. 그녀는 불현듯 깨달았다. 포크를 집어던지고 밖으로 나갔다. 마당이라고 하기에도 민망한 마당 한구석의 엉성한 개집 앞에서, 개는 안 그래도 작은 몸피를 잔뜩 웅크리고 있었다. 그녀를 발견하고는 일어서서 꼬리를 살랑살랑 힘없이 흔들었다. 그녀는 팔을 뻗어, 개의 목을 묶고 있던 줄을 풀어주었다. 자유로워진 개는 그녀를 물끄러미 올려다보았다. 눈동자를 천천히 깜빡였던 것도 같다. 그러고는 곧장 제가 묶여 있던 맞은편으로 뛰어갔다. 그곳, 바닥의 하수구에다가 개는 대변을 보았다. 너무 오래 참았기 때문인지 개의 배설물은 새까맣게 타버린, 마른 덩어리로 보였다.

"마지막 자존심이었나 봐."

어느새 따라 나온 여동생이 말했다. 그 말이 그녀의 가슴에 날카로운 유리 조각처럼 박혔다.

국장의 요구는 단도직입적이었다. 교과서 없이 수업 들어가는 선생은 세상에 존재하지 않는다. 그러니 아이들을 가르치는 교사가 되기 위해서는 각자들 교재를 마련해야 한다. 교재 값은 삼백만 원이지만, 우리 신입들에게는 특별히 그 절반 가격에 공급하겠다. 이것이 요지였다. 결국 책을 사라는 얘기였다. 카드로 결제하면 3개월 무이자 할부도 가능하다고 했다.

"그럼 한 달에 오십만 원씩밖에 안 되는 거야."

무척 어려운 수학 문제를 먼저 푼 사람의 목소리로 국장이 설득했다. 강원도 청년이 떠났다. 고향으로 돌아간다고 했다. 전직 철학 강사는 교재를 구입했다. 지푸라기라도 잡고 싶다고 했다.

그녀는 결정을 내리지 못했다. 모든 것을 정확히 이해할 수 있었고, 동시에 아무것도 이해할 수 없었다.

고장 난 붙박이 완구처럼 개는 다시 그 자리에 묶였다. 좁은 집 안에 들일 수는 없는 노릇이니, 어차피 마당에서 살아야 하는 것이 그가 맞이한 운명이었다. 어쩔 수 없는 현실이었다. 그러나 늙은 동물은 묶인 채로는 절대로 변을 보지 않았다. 동생이 말한 마지막 자존심, 꼿꼿하고 슬픈 자존심인지도 몰랐다. 식구 중 누군가가 목줄을 끌러줄 때까지 개는 들끓는 변의를 묵묵히 참고 또 참았다.

회사를 그만둘지, 교재를 살지 결정을 내려야 하는 마지막 날 아침, 그녀는 개와 함께 집을 나섰다. 지하철역이 아니라 뒷산 쪽으로 방향을 잡았다. 그녀는 개의 목줄을 한 손에 느슨하게 쥐고서 천천히 산을 올랐다. 겨울 산은 황량했다. 개는 조금도 헉헉대지 않고 잘 따라왔다. 여러 번 멈춰 서 숨을 고른 것은 그녀였다. 정상이라 말하기도 민망한 정상에 오르자, 고만고만한 집들이 모인 동네가 아득하게 내려다보였다. 시야가 미미하게 흔들렸다. 그녀는 손에 잡고 있던 개 줄을 가만히 놓았다. 늙은 개는 그 자리에 꼼짝도 하지 않고 선 채로 그녀를 말똥말똥 쳐다보았다.

"가. 너 가고 싶은 곳으로."

그녀가 나직이 중얼거리는 소리를 못 알아들었는지 개는 오래도록 그녀 옆을 떠나지 않았다.

비밀의 화원

아내는 종일 스마트폰을 끼고 살았습니다. 화장실에 갈 때는 물론이고 설거지를 할 때도 음식물 쓰레기를 버리기 위해 잠깐 집 앞에 나갈 때도 주머니에서 스마트폰을 빼놓는 법이 없었습니다.

어느 날 저녁에는, 새 밥을 짓기 위해 쌀통에서 쌀을 꺼내 오겠다며 베란다에 나간 아내가 10여 분이 흘러도 돌아오지 않았습니다. 베란다로 나가 보니 아내가 멍하니 스마트폰 액정을 들여다보고 있는 게 아니겠습니까. 쌀통 곁에 쪼그려 앉은 채로요.

뭘 그렇게 해?

그때 제 음성에서 짜증이 배어나오지 않았다면 거짓말일 겁니다. 저의 문제가 아닙니다. 전 세계의 어떤 남편이라도 그런 상황에선 저와 비슷한 반응을 보였겠지요.

아무것도 아니야.

후다닥 일어서면서 아내가 대답했습니다. 그녀는 앞치마 주머니에 전화기를 쓱 집어넣었습니다. 쌀을 담기 위해 들고 있던 주황색 바가지는 여전히 비어 있었습니다.

쌀 꺼낸다며?

아 맞다.

요즘 정신이 어디 가 있는 거야.

제가 한 말은 그게 전부였습니다. 옅은 짜증은 좀 배어 있었을지도 모르지만 화를 내거나 원망하는 어투는 맹세코 아니었지요.

내가 뭘?

아내가 돌연 날카롭게 소리를 지르기 시작했습니다.

내가 뭘 어쨌다고 그래? 내가 쌀 씻고 밥하려고 태어난 사람이야? 당신 괜히 왜 나한테 시비야?

아내는 속사포처럼 화를 쏟아내더군요. 저는 뜻밖의 사태에

얼이 빠져 눈만 껌뻑였습니다. 그녀는 언젠가부터 부쩍 자주 화를 냈습니다. 대개는 이처럼 사소한 제 행동들 때문입니다. 후진 주차가 서투르다거나, 맛있다고 데려간 음식점의 접시에서 이물질이 발견되었다거나, 급작스러운 야근 때문에 아들 민우를 학원에 데려다줄 수 없다거나 하는 이유들 말입니다. 우리 사이에 잠시 이상한 침묵이 감돌았습니다. 제가 먼저 거실로 돌아가니, 조금 후에 아내가 따라 나오더군요.

미안. 내가 오늘 좀 예민하네.

……아냐.

대답은 했지만 기분은 편치 않았습니다. 지나고 보면 별것 아닌 일에 순간적으로 버럭 언성을 높였다가는 곧이어 급하게 사과하는 행동 패턴이 요사이 그녀에게 반복해 나타나곤 했습니다. 어쩌면 저로서는 그녀가 급작스레 버럭 화를 내는 것보다, 언제 그랬냐는 듯 아무렇지도 않게 분노를 철회하는 방식에 더 마음을 다쳤는지도 몰랐습니다.

대관절 전화기를 왜 그렇게 들여다보는 거야? 그 안에 대체 어떤 세계가 있는 거야?

입에서 맴돌던 물음들을 삼켰습니다.

그날 밤이었습니다. 평범한 밤이었습니다. 창밖은 칠흑이었고, 민우는 제 방문을 걸어 잠근 채 잠들었고, 텔레비전에서는 지루하기 짝이 없는 시사 토론이 방송되고 있었지요. 저는 거실 소파에 비스듬히 누워 이대로 잘까, 맥주 한 캔을 따서 반쯤 마실까 쓸데없이 갈등했습니다. 아내가 틀어박힌 안방에서는 아무 소리도 들려오지 않았습니다. 제가 냉장고 대신 아내의 방문을 열었을 때 그녀는 전화기를 손에 쥔 채 침대 헤드에 비스듬히 기대앉아 있었습니다.

왜?

저에게 물으면서 아내는 천천히, 그리고 황급히 전화기를 베개 아래 넣었습니다. '천천히'와 '황급히'는 분명 정반대의 언어인데, 그녀는 분명, 그렇게 했습니다. 무엇이든 해야 하는 순간이라고 직감했습니다.

혹시 서류 봉투 하나 못 봤어?

응? 무슨?

아침까지만 해도 저기 마루 탁자 위에 분명히 있었는데.

저는 그것이 굉장히 중요한 서류이며 내일 아침에 회사에서 꼭 필요한 거라고 둘러댔습니다.

못 봤는데. 다시 잘 찾아봐.

당신이 낮에 청소하면서 치운 거 아니야? 나 굉장히 급하다고.

아내는 아주 낮은 한숨을 한 번 내쉬고는 침대에서 몸을 일으켰습니다. 그러지 않으면 오히려 부자연스럽다고 판단한 것일 수도 있을 겁니다. 그녀가 마루로 나간 사이 재빨리 베개를 들춰보았습니다. 전화기의 액정에는 좀 전에 그녀가 보고 있던 페이지가 그대로 떠 있었습니다.

어디다 뒀다는 거야? 못 찾겠는데.

아내의 목소리가 들려왔습니다. 너무 잠깐이라 완전히 확신할 수는 없지만 페이스북 화면이 맞는 것 같았지요. 저는 다시 베개를 덮었습니다. 다홍빛 꽃송이들이 어룽어룽 수놓인 아내의 베개는 멀끔한 표정으로 그 자리에 도로 놓였습니다.

아내와 등을 돌리고 누운 후에도, 쉽게 잠이 오지 않았습니다. 전화기를 하릴없이 만지작거리면서 '천천히'와 '황급히' 사이의 간격에 대해 생각했습니다. 스마트폰용 페이스북 앱을 다

운받는 데 약 5초가 소요되더군요. 이제 나는 지구상의 12억 페이스북 이용자 중 한 명이 되었다는 생각이 들었습니다. 12억 바깥의 한 명이 아니라 12억 내부의 한 명. 그래도 기묘한 고립 감은 사라지지 않았습니다.

페이스북의 친구 찾기를 아무리 뒤져도 아내의 이름은 검색되지 않았습니다. 한글로 넣은 이름을 지우고 영어로 써보았지만, 아내로 추정할 만한 인물의 페이스북은 없더군요. 저는 점점 초조해졌습니다. 다음 날 아내가 자주 사용하는 서재 컴퓨터의 열어본 페이지 목록을 보았습니다. 깨끗했습니다. 아내가다 지운 것이 분명했습니다. 얼마나 이상한 일입니까? 그녀는 대체 무엇을 감추고 싶은 것일까요?

페이스북 검색은 며칠 동안 이어졌습니다. 저는 사용자 중에서 그녀의 친구를 찾아보기로 했습니다. 아내가 가장 자주 만나는 친구는 여고 동창이자 아파트 옆 동에 사는 주미 엄마입니다. 주미 엄마의 페이스북은 어렵지 않게 찾을 수 있었습니다. 아이들 사진이 대부분이었고 특기할 만한 사항은 없었습니다. '친구'로 등록된 124명의 이름을 샅샅이 훑어보았지만 아내의 흔적은 보이지 않았습니다. 온라인에서 아내는 그녀의 '친구'가 아니었던 겁니다. 제 아내는 대체 어디에 숨은 것일까요?

기회는 예기치 못한 곳에서 왔습니다. 야근이 생겨서 늦는다는 이야기를 하려고 아내에게 전화를 걸었는데 웬 남자가 전화를 받았습니다. 택시 기사라고 했습니다. 방금 잠실에서 내린 아주머니가 전화기를 떨어뜨리고 갔나 보다고 그가 말했습니다. 그 남자가 너무도 태연하게 '아주머니'라고 지칭했기 때문에 저는 기분이 이상해졌습니다. 제 아내는 올해 마흔여섯 살입니다. 아니, 마흔다섯이었나, 아니면 마흔일곱이었나 갑자기 아득해집니다. 그러나 그런 건 별로 대수로운 일은 아닙니다. 마흔다섯이나 여섯이나 일곱이나 중년인 건 매한가지니까요. 저는 택시 기사를 상대로 필생의 거래를 시도했습니다. 지금 당장 미터기를 누르고 여기 제 사무실이 있는 역삼동까지 오면 요금의 5배를 주겠다고 제안한 것입니다. 물론 전화기를 무사히 저에게 전달해준다는 조건이었습니다. 불법이라는 생각은 들지 않았습니다. 저는 전화기 소유주의 단 하나뿐인 법

적 배우자입니다. 그것은 그 누구도 저의 행동에 대해 의혹의 눈길을 보낼 권리가 없다는 뜻 아닙니까?

정확히 15분 뒤, 전화기는 제 손에 제대로 배달되었습니다. 부재중 전화가 여러 통 걸려 와 있었습니다. 비밀번호가 걸려 있어 누가 건 것인지 확인할 순 없었지만, 전화기 잃어버린 걸 알게 된 아내가 걸어댄 것이라고 짐작할 만했습니다. 저는 호흡을 가다듬고 주먹을 쥐었다 폈다 반복했습니다. 이윽고 오른손 검지를 쫙 펴고 비밀번호 조합에 들어갔습니다. 네 자리의 비밀번호. 아내의 생일. 제 생일. 결혼기념일. 물론 다 아니었습니다. 이 정도쯤은 얼마든지 각오하고 있었습니다. 어쩌면 저는 네 자리로 만들 수 있는 모든 숫자들의 조합을 눌러봐야 할지도 몰랐습니다. 그러나 비밀은 어이없도록 쉽게 풀리더군요. 0130. 그것은 아들 민우의 생일이었습니다.

저는 떨리는 가슴으로 페이스북의 아이콘을 눌러보았습니다. 뭐가 뭔지 모를 페이지들이 가득히 펼쳐졌습니다.

역시 예쁘시네요. 친구 수락 감사드립니다.

(정미연 → 김나나)

제일 먼저 읽은 문장은 그것이었습니다. 글을 쓴 이가 정미연인 것 같았습니다. 정미연은 여자 이름이었고 프로필 사진도 여자 얼굴이었습니다.

친구 수락 감사드려요. 계속 지켜봤는데 언니 정말 멋지신 것 같아요.
(박정아 → 김나나)

박정아가 쓴 글이었습니다. 그렇다면, 김나나는 누구일까요? 그건 제 아내의 이름이 아닙니다. 그럴 리가 있겠습니까. 아내는 1960년대 중반, 경상도 소도시의 교육자 가정에서 태어난 여자입니다. 아직도 제사를 1년에 열 번씩 지내는 처가에서 맏딸에게 그런 이국적인 이름을 붙였을 리 없지요. 뭐가 잘못된 거지? 저는 점점 더 혼란스러워졌습니다. 혹시 전화기가 바뀐 건지도 몰랐습니다. 그렇지만 아무리 봐도 전화기는 아내의 것이 틀림없었습니다. 노란색 가죽 케이스도, 메인 화면의 배경 사진도 다 그대로였으니까요.

김나나라는 여자. 저는 그녀의 타임라인으로 들어가 보았습니다. 김나나 씨가 올린 사진들은 수백 장이었습니다. 유럽 어느 고풍스러운 도시의 거리에서 쇼윈도를 들여다보는 모습, 멋진 레스토랑의 테라스 테이블에서 커피를 마시는 모습, 한눈에도 몹시 비싸 보이는, 그렇지만 제 눈으로는 브랜드도 가격도 알 수 없는 가죽 가방을 손에 들고 환하게 웃는 모습. 모두 한 사람의 얼굴이었습니다. 김니니 씨는 성형의 흔적이 좀 묻어나기는 했지만 미소 짓는 표정이 아름다운 전형적인 미인이었고, 20대 중반의 나이였습니다. 당연히, 제 아내가 아니었습니다.

사진들 아래로 수십 개의 댓글들이 달려 있었습니다. 한결같이 그녀의 아름다움과 멋진 라이프 스타일을 칭송하는 글들이었습니다. 김나나 씨는 친절하고 상냥하게 하나하나 답글을 달아주었더군요. 그녀가 마지막으로 글을 올린 시간은 5분 전이었습니다.

폰 분실했어요. 택시에 놓고 내렸나 봐요. 아무리 전화해도 연락이 안 되는데 이럴 때 어떻게 하는 게 좋을까요? 차 수리 맡기느라 오랜만에 택시를 탔는데 이런 일이 생겨 너무 속상하네요. 폰이 문제가 아니라 그 속에 들어 있는 나의 소중한 추억들 생각에 눈물이 나네요. 택시 나빠요. 이럴 때를 대비해서 세컨드 카를 한 대 더 장만해놔야 할까 봐요.

자 여러분, 여러분은 아십니까? 김나나는 대체 누구일까요?

제 아내는 대체 누구일까요? 저는 정말로 알 수가 없습니다. 저는 아내의 전화기를 힘없이 내려놓고, 제 전화기를 들었습니다. 아내의 전화번호는 '민우 엄마'라고 저장되어 있었습니다. 그 번호를 누르자, 아내의 전화기가 부르르르 몸을 떨었습니다. 액정 화면에 '민우 아빠'라는 글자가 떴습니다. 어느새 창밖에 어둠이 내렸습니다. 테헤란로에 전조등을 밝힌 자동차들이 하나둘 꼬리 물기를 시작할 시간입니다. 불을 밝힌 자동차들은 모두 어디로 가는 걸까요? 가야 할 곳을 모두들 잘 알고 있을까요?

창가에 선 채, 저는 오랫동안 부르지 않았던 아내의 이름을 나직하게 읊조려보았습니다. 미경아. 김미경…….

이미자를 만나러 가다

초등학교 동창회 같은 곳에 간절히 참석하고 싶은 사람이 정말로 존재할까?

좀처럼 믿을 수 없다. 거래처 사람들과의 회식에서 처음 만난 어떤 남자가 진지한 목소리로 어느 초등학교를 졸업했느냐고 물어오기 전까지 나는 '초등학교'라는 낱말 자체를 아예 염두에 두지 않고 살아왔다. 게다가 초등, 이라니. 내가 졸업한 곳은 초등학교가 아니라 엄연히 '국민학교'였던 것이다. 나는 뜨악한 심정으로, 그러나 내 대답을 기다리는 남자가 거래처에서 꽤 중요한 자리를 차지하고 있는 인사임을 고려하여 다소곳한 표정을 가장했다. 졸업한 학교의 이름을 댄 다음 덧붙이기를 잊지 않았다.

"서울 변두리에 있는 학교라 잘 모르실 거예요."

"아!"

남자가 감탄사를 뱉었다.

"혹시나 했는데, 맞구나. 부반장! 얼굴도 그대로 남아 있네. 우리 6학년 때 한 반이었잖아. 기억 안 나? 나 수철이야!"

"아⋯⋯."

이번엔 내가 감탄사를 뱉을 차례였다. 잘 보니 '똘똘이 스머프'라는 별명처럼 틈나면 담임에게 각종 고자질을 일삼던 안경잡이 녀석이었다. 반갑다는 느낌이 30퍼센트쯤 된다면 나머지는 귀찮고 난감한 감정이었다. 잘못하다간 괜스레 회사 생활이 복잡해지겠다는 본능적인 노파심이 들었다.

"밴드 가입 안 했지?"

그가 물었다. 얼마 전부터 스마트폰의 '밴드'라는 애플리케이션을 통해 당시의 동창들과 자주 연락을 하고 지낸다고 했다. 그는 그 자리에서 기필코 내 스마트폰으로 '밴드' 초대장을 날려주었다. 마침 다음 주 금요일이 전체 모임이니 꼭 나오라는 말을 여러 번 반복하면서 이 얼마나 기막힌 우연이냐고 연신

감격해했다.

"참 좋았던 시절이야. 그때는 다들 순수했잖아."

그가 말했다. 나는 연하게 미소 지었지만 대답은 하지 않았다. 집에 돌아오는 택시 안에서 그가 알려준 '밴드'라는 공간을 둘러보았다. 아닌 게 아니라 게시판은 꽤 활성화되어 있었다. 자주 글을 올리고 소식을 전하는 동창이 열댓 명은 되는 듯했다. 어림으로 헤아려보아도 모두를 잊고 산 지 20년이 지났다. 그럼에도 거의 대부분의 이름들이 눈에 익었다. 그중 어떤 이름 하나에 시선이 꽂혔다. 이미자. 잊으려야 잊기 힘든 이름이었다. 원로 트로트 가수와 동명이인이기 때문이기도 하고, 또 아무튼, 말이다.

이미자는 그 6학년 3반 '밴드'라는 곳에서 일종의 터줏대감 역할을 하는 것처럼 보였다. 새로 가입 인사를 하는 친구들에게 일일이 친절하고 다정한 답글을 달았으며, '읽으면 힘이 나는 말'이나 '건강에 도움이 되는 생활 습관 열 가지' 따위의 세간에 떠돌아다니는 글들을 어디선가 긁어다 열심히 올리기도 했다. 의아하지 않을 수 없었다. 이 이미자가 정말, 그때의 그

이미자란 말인가? 그 이미자가 저렇게 말끔한 얼굴로 등장해 '친구들'이라는 호명과 깜찍한 이모티콘을 날리며 시시덕거리고 있는 상황이 내겐 당혹스럽기만 했다.

친구들! 엄청난 소식이야! 지영이랑 연락 됐다.
여자 부반장 기억나지? 알고 보니 울 거래처 회사 직원이더라고.

거래처 과장이 5분 전 올린 글이었다. 누군가 벌써 답글을 달았다.

세상에. 나 지영이 너무너무 보고 싶었는데. 정말 잘됐다.

또, 이미자였다. 이미자가 나를 기억하고 있으며 심지어 '너무너무 보고 싶었다'고 표현하고 있는 것이다. 기이함을 넘어서 나는 점점 두려워졌다. 이미자의 이름으로 올라온 예전 글들을 다 뒤져보았다. 첫 등장은 이랬다.

나 기억할 친구들 있으려나? 내가 학교 다닐 때 좀 내성적이어서.
순수했던 시절의 친구들 이제라도 찾고 싶네. 정말 보고 싶다. 친구들.

그 밑에 주르륵 달린 댓글들 역시 그로테스크한 건 마찬가지였다.

기억이 날 것도 같고 아닌 것도 같은데. 내 기억 속 얌전하던 그 소녀 맞겠지? 아무튼 반갑다, 친구야.

　그래, 착한 친구였던 것 같다. 환영한다.
　미자야! 어디 사니? 다음 모임엔 꼭 나와.

　이미자는 또 그 댓글들 하나하나에 다시 댓글을 달았다. 환영해줘서 진심으로 고맙고 이렇게 옛 친구들과 다시 만날 수있게 돼 진심으로 기쁘다는 내용이었다. 가장 최근에 올린 게시물의 등록 시간은 오늘 오후였다.

　심한 감기에 걸렸어. 요즘 감기 지독하네.
　친구들아, 너희들도 건강 조심해. 우리 나이에 아프면 서럽잖아ㅠㅠ

　그 밑으론 얼른 떨치고 일어나라는 걱정 섞인 간지러운 댓글들이 줄줄이 달려 있었다. 이미자는 또 그 하나하나마다 고맙다는 답을 달아놓았다. 훈훈한 풍경이랄까, 섬뜩한 풍경이랄까, 나는 어안이 벙벙했다. 그들은 모두 다 잊어버린 걸까? 이미자도? 이미자에게 하트를 날리며 조속한 건강 회복을 기원하는저 김민수도? 거래처 과장으로 나타난 똘똘이 스머프 박수철도? 혹시 기억상실증에 걸려 몽땅 다 잊어버린 걸까? 그래. 그게 틀림없었다. 특정 기억을 깡그리 지우는 바이러스가 나만 모르게 대유행했고 그때 모두들 감염되었는지도 몰랐다. 되지도 않는 상상을 하면서 나는 힘없이 고개를 가로저었다.

이미자는 모두의 '따'였다. 그 당시 왕따라는 단어가 아이들 사이에서 보편적으로 사용됐는지는 명확하지 않다. 아직은 그러지 않았던 때 같기도 하다. 그런 건 중요하지 않다. 왕따가 특정한 한 명을 집단적으로 괴롭히는 행위를 뜻하는 거라면 그건 그 시절 이미자에게 딱 들어맞는 명명이었다. 인간은 괜히 머리끄덩이를 잡아당긴다거나 돈을 빼앗는다거나 하는 종류의 방식으로도 타인을 괴롭힐 수 있지만, 그 외에 무한한 다른 방법들을 사용할 수도 있었다. 아이들이라고 예외는 아니다. 아이는 어른보다 쉽고 무구하게 행동에 옮겼다.

6학년 3반 아이들이 이미자를 괴롭혔던 방법은 무시하기였다. 이미자는 교실에서 있어도 없고, 없어도 있는 존재였다. 그녀는 항상 거의 같은 옷을 입고 다녔다. 상의는 꽃사슴 밤비가 그려진 티셔츠와 신데렐라가 그려진 티셔츠를 번갈아 입었고 하의는 늘 헐렁헐렁한 청바지였다. 엄마는 가출하고 아빠는 죽어서 할머니와 산다는 소문이 있었지만 확실치는 않다. 누구도 구태여 확인하려 하지 않았기 때문이다.

이미자는 가난했고 작았고 말랐고, 예쁘거나 귀여운 얼굴이 아니었고, 이름도 우스꽝스러웠다. 또한 말이 없었다. 아마도 앞의 것들이, 그녀를 말없는 아이로 만들었을 것이다. 아무도 그녀에게 말을 걸지 않았으므로 말을 할 기회가 없었던 것인지도 모르겠다. 아무도 그녀와 도시락을 함께 먹지 않았고 아무도 그녀와 짝을 하려 들지 않았다. 그녀와 짝이 되었던, 이름이 기억나지 않는 분홍 돼지 인형같이 생긴 남자아이는 다른 아이들에게 대놓고 놀림을 받았다.

"결혼해! 결혼해!"

그 짓궂은 외침은 분홍 돼지가 죄 없는 책상을 주먹으로 내리치는데도 사그라지지 않았다. 분홍 돼지는 정말로 화가 아주 많이 난 것처럼 보였고, 결혼하라고 외치는 아이들은 정말로 재미있는 놀이를 하는 것처럼 신 나 보였다.

그녀에게서는 어떤 나쁜 냄새도 나지 않았고 그녀는 누구에게도 해를 입히지 않았는데 왜 모두들 미자를 불치의 전염병

환자 취급했을까. 이미자가 아니더라도 다른 누군가가 그 역할을 맡았을 거라는 사실은 어른이 되어서야 눈치챘다. 미자는 늘 고개를 수그리고 다녔다. 어떤 살아 있는 존재와도 눈을 맞추지 않았다.

담임은 삼십 대의 여교사였다. 차가운 성품에 아이들에게 다정히 곁을 주는 성격은 아니었으나, 특정한 누군가를 편애하거나 개인적인 감정에 따라 히스테리를 부리곤 하는 최악의 선생은 아니었다. 적어도 내 기억 속에선 그랬다. 이미자에게도 그랬을까. 이미자라는 현상을 대하는 담임의 방식은, 무관심이었다. 이미자가 당하는 모욕이나 따돌림은 수치로 환산할 수 있는 성질의 것이 아니었으므로 정확히 파악하지 못하고 있었을 것 같기도 하다.

2학기 중간 무렵 담임이 부반장이던 나를 조용히 교무실로 부른 적이 있었다.

"이미자 말이야. 어떠니?"

"네?"

나는 못 들을 말을 들었다는 생각이 들었지만, 최대한 평온을 가장하여 되물었다.

"그 애 할머니가 연락을 하셔서."

담임도 말을 아꼈다.

"특별히 못살게 구는 애들 있어?"

"잘 모르겠어요."

"특별히 누가 있는 건 아니지?"

담임이 다시 물었다. 그녀 역시 내 입에서 구체적인 이름들이 나오기를 원하지 않는다는 느낌이 강하게 풍겨왔다.

"네."

담임이 야트막한 한숨을 뱉었다.

"그래. 됐어. 가봐."

내가 그때 무언가를 이야기했으면 달라졌을까.

우리 담임 샘. 참 예쁘고 멋진 분이셨는데 그립고 뵙고 싶다.
누구 소식 아는 친구들 있니?

그녀가 지난달 '밴드'에 올린 글의 내용에 비추어보면 그 무관심은 이미자에게 치명적인 상처로 남지 않았는지도 몰랐다. 그렇지 않다면 그 태도를 달리 어떻게 받아들일 수 있겠는가.

이미자는 누구인가. 인간은 누구인가. 나의 혼란은 깊어만 갔다.

박수천은 동창회 사흘 전부터 뻔질나게 카톡을 보내왔다.
꼭 나와야 된다. 애들이 너 얼마나 보고 싶어 하는데.

그날 야근, 아니면 회식이 생길 것 같다는 핑계는 금세 들통나고 말 터였다. 나는 짧게 알았다고 대꾸했다. 금요일 아침까지도 그곳에 나갈지 말지를 결정하지 못했다. 혹시 모르는 일이었으므로 내가 가진 가장 비싼 가방을 꺼내 들고, 화장품 파우치에 속눈썹 뷰러와 마스카라, 몇 가지 섀도를 챙겨 출근했다. 참석할 것인가, 말 것인가. 이러려는 마음과 저러려는 마음이 종일 오락가락했다.

구내식당에서 짜장밥과 콩나물국으로 점심을 먹고 양치를 하다가 화장실 거울에 비친 내 얼굴과 정면으로 마주쳤다. 눈두덩이 퀭하고 피부가 누렇게 뜬 여자가 거기 있었다. 어깨까지 닿은 긴 웨이브 머리칼이 지저분하게 느껴졌다. 이때 동창회에 나가려면 미용실에 꼭 들러야 할 터였다. 6학년 때의 내가 어떤 아이였는지 아무리 애써도 기억나지 않았다. 그때 내가 가장 좋아하던 색깔이 뭐였는지, 뭐가 되고 싶었는지, 무슨 꿈을 꿨는지. 다른 모든 아이들과 함께 망각 바이러스에 감염되었는지도 몰랐다. 서른다섯 살의 나는 평범한 회사의 직장인이 되어 있을 뿐이었다. 남편, 아이, 내 소유의 아파트 같은 것, 남 보랄 것, 내세울 것은 하나도 없었다. 여전히 어디로 가는지를 몰랐다. 내가 확신하는 건, 지금의 내가 실은 그때의 나로부터 거의 변하지 않았다는 절망적 사실뿐이었다.

동창회 장소는 대형 삼겹살집이었다. 입구에 들어서자 고기 굽는 연기와 왁자한 소음이 몰려 닥쳤다.

─소망초등학교 6학년 3반, 2층 왼쪽 방.

무성의하게 휘갈겨 쓴 안내판 글씨를 한 자 한 자 천천히 읽었다. 2층으로 향하는 계단에 발을 얹으면서도 나는 내가 동창회에 참석할 것인지 확신할 수 없었다. 2층에 다다랐을 때 커다란 웃음소리가 들려왔다. 왼쪽 방의 문은 열려 있었다. 족히 열댓 명이 넘는 인원이 모인 것 같았다. 남녀가 반반이었다. 이미자도 저 무리 속에 섞여 있을 텐데 누가 이미자인지 분간해내기 어려웠다. 이제 그것은 불가능했다. 잠시 동안, 나는 멀거니 문 앞에 서 있었다. 이윽고 깨달았다. 어쩌면 이것은 복수인지도 몰랐다. 이미자만의, 어떤 복수. 착한 복수.

"어, 지영이 왔네!"

가운데쯤 앉아 있던 박수철이 나를 알아보곤 한 손을 번쩍 치켜들었다. 나를 향해 뜨거운 시선들이 쏟아졌다. 나는 입가에 잔잔한 미소를 띠우려 노력하면서 눈으로 맹렬히 빈자리를 찾았다. 빈자리는 여간해서 보이지 않았다. 앉은 간격을 좁히며 이쪽으로 오라고 말해주는 이는 아무도 없었다. 이미자가 누구인지 이제 나는 영원히 구별해낼 수 없을 것이다.

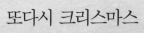

또다시 크리스마스

그때 우리는 서울의 남서쪽에 살았다. 크리스마스는 특별하지 않았다. 물론 어머니나 아버지가 그렇게 말한 적은 없었다. 그것은 구태여 강조할 필요조차 없는 일이었다. 여섯 아이를 먹여 살리느라 정신이 없었던 그들은 거의 매일 늦게까지 일했고 크리스마스이브도 다르지 않았다. 크리스마스이브에 우리들은 텔레비전의 특집 프로그램을 틀어놓은 채, 김치찌개나 된장찌개를 데워 멸치볶음과 무말랭이, 콩나물무침 같은 반찬으로 저녁을 먹었다.

정사각형의 포마이카 밥상은 행주질을 하고 나면 공부 책상이 되었다. 저녁이면 네 살 위의 은영 언니와 거기 머리를 맞대고 앉았다. 내가 몇 권 안 되는 동화책을 반복해 읽는 동안 은영 언니는 만화를 그렸다. 언니가 그리는 그림에는 공주들만 나왔다. 언니는 주로 분홍색과 노란색, 가끔 빨간색의 색연필을 사용해 레이스가 층층 달린 드레스를 꼼꼼하게 칠했다. 기분이 좋으면 가위로 공주 자매들 중 하나를 오려 내게 주기도 했다. 가장 예쁘게 생긴 공주는 자기가 가졌다. 나는 그것이 당연하다고 생각했다. 금색과 은색이 들어 있는 색연필 세트가 있다면 더 예쁜 공주를 그릴 수 있을 텐데. 언니는 아쉬워했지만 자주 그런 것은 아니었다. 불가능한 것을 일찌감치 단념하는 데에 우리는 모두 익숙해져 있었다.

산타가 큰 양말 속에 선물을 두고 간다는 사실은 알고 있었다. 집에서 가장 큰 양말은 아버지의 것이었는데 오래 신어 발바닥 부분이 날깃날깃 닳은 그 양말 속에 선물 상자가 들어 있는 모습이 상상되지 않았다. 그렇지만 잠들기 전에 조금쯤 두근두근하지 않았다면 거짓말이다. 자고 일어나서 머리맡에 선물이 있었던 기억은 없다. 적어도, 그 집에 사는 동안은 그랬다. 선물을 받은 아이는 막내 준이만이 유일했다. 부모가 나머지 아이들보다 준이를 특별히 더 사랑해서였다고는 생각하지 않는다. 그들은 그것이 나름의 공정한 방법이라고 믿었을 것이다. 준이만이 둘 사이에서 태어난 아이이기 때문에? 아니다. 그 애가 가장 어렸고, 그 애만이 아팠기 때문이다.

서툰 솜씨의 포장을 벗기자 털실 재질의 장갑과 목도리가 나왔다. 한 점의 티끌도 섞이지 않은 완전무결한 하얀색이었다. 은영 언니가 준이의 손에 장갑을 끼우고 목도리를 칭칭 둘러주었다. 준이가 좋은지 입을 크게 벌리고 벙싯거렸다. 준이는 세 돌이 지났지만 걷지 못했다. 할 수 있는 말도 몇 마디 없었다. 그 애가 장갑과 목도리로 무장하고 집 밖에 나갈 일은 그 겨울 내내 한 번도 없을 것 같았다.

크리스마스는 부모에게는 모처럼의 휴일이었다. 그들은 늦게까지 잤다. 은영 언니가 멸치 우린 물에 감자를 썰어 넣어 국을 끓였다. 밥상에는 어제와 같은 반찬들과, 여섯 개의 계란프라이가 올라왔다. 크리스마스잖아. 언니가 나에게만 들리도록 속삭였다. 좀 부끄러워하는 표정이었다. 계란프라이의 노른자는 완벽하게 봉긋했고 감잣국은 보드라웠다. 오빠들이 밥 한 그릇을 뚝딱 먹어치웠다. 언니는 그때 열두 살이었다. 그 후로 오랫동안, 예기치 못한 곳에서 계란프라이를 먹게 될 때면 나는 그날을 떠올렸다.

텔레비전의 성탄 특선 영화는 〈나 홀로 집에〉였다. 우와, 개봉한 지 얼마 안 된 건데. 큰오빠가 말했다. 둘도 없는 행운이라는 투였다. 크나큰 행운만큼 기쁜 크리스마스 선물은 없었다. 우리들은 옹기종기 모여 앉아 그 영화를 보았다. 도둑들이 공중에 붕 떴다 벌러덩 자빠지는 장면에서 모두들 눈물이 날 만큼 깔깔 웃었다. 영화가 끝나고 머릿수만큼 귤을 나누어준 것도 은영 언니였다.

다음 해 크리스마스에는 은영 언니가 없었다. 어머니와 아버지는 가을이 되기 전에 헤어졌다. 어머니를 따라왔던 아이들은 어머니를 따라 떠났고, 아버지를 따라왔던 아이들은 아버지를 따라 그 집에 남았다. 은영 언니는 떠났고, 나는 남았다. 준이는 큰오빠 등에 업혀서 갔다. 아직 더운 날이라 소매 없는 티셔츠에 반바지를 입었다. 반바지 아래 드러난 준이의 두 다리가 나뭇가지처럼 앙상했다. 언니가 나를 끌어안고 흐느껴 울었다. 보러 올게, 꼭 보러 올게. 언니는 운동화 상자를 남기고 갔다. 우리들이 같이 보낸 크리스마스가 세 번이었나, 네 번이었나. 그런 것은 아무에게도 중요하지 않았다. 그들이 떠난 집은 휑했다. 작은 방 세 개가 다닥다닥 붙은 집인데도 그랬다. 내가 끓인 감잣국은 언니가 한 것 같은 맛이 나지 않았다. 언니가 두고 간 운동화 상자에는 공주 종이 인형들이 수북했다. 언니가 그린 공주들은 하나같이 어깨에 닿는 구불구불한 머리칼에 리본을 달고 있었다. 쌍둥이처럼 닮은꼴이었다. 다 합치면 백 쌍둥이는 될 것 같았다. 백 쌍의 자매들이 모두 다 함께 있으라고, 나는 종이 인형들을 상자에 도로 담아 서랍 깊이 집어넣었다.

김치를 가져다주러 온 친척 아주머니는 애들만 불쌍하지, 라고 혀를 찼다. 또 다른 친척 아주머니는 차라리 잘된 일이라고 말했다. 남남끼린데 식구랍시고 한집에서 크다 보면 별별 일이 다 일어나지 않았겠느냐고도 했다. 맞다, 남인데. 혀를 차던 아주머니가 맞장구쳤다. 나는 그녀들이 가져온 김치를 먹지 않았다. 그 뒤로 언니의 소식은 들은 적이 없었다. 은영 언니와 그녀의 남자 형제들에 대해, 준이에 대해, 어머니에 대해 입 밖에 내는 건 아무도 정해주지 않은 집안의 금기였다.

아버지는 얼마 뒤 한 번 더 결혼을 했다. 아이 없이 이혼했다는, 아버지보다 열 살 젊은 여자였는데 우리 집에 6개월쯤 있다 갔다. 내가 어떻게 해도 애들이 마음을 열지 않아요. 나, 나쁜 사람 아닌데. 그녀가 나쁜 사람이 아닌 것도, 내가 마음을 열지 않은 것도 사실이었다. 살다 보면 누구의 잘못이랄 수도 없는 일들이 일어난다. 아버지도 알았겠지만 아무 말도 하지 않았다. 다만 그는 이따금씩 깊은 한숨을 내쉬었고 술을 자주 마셨다. 지나고 보면 20년은 어마어마하게 긴 시간이 아니다. 그동안 아버지의 건강을 서서히 파괴해나간 것이 한숨이었을까, 술이었을까. 간암 말기 판정을 받은 아버지는 서울 북동쪽의 대학병원에 입원했다. 20년 사이 우리는 이 도시의 끝과 끝으로 이사를 했다. 아버지는 채 두어 달을 버티지 못하고 눈을 감았다. 성긴 눈발이 희끗희끗 날리는 날이었다.

병원 부설 장례식장에 빈소가 차려졌다. 소박한 빈소였다. 상주 이름을 올리는데 오빠가 머뭇거렸다. 왜, 라고 하려다 말고 나는 말을 멈추었다. 그래도 써야겠지? 오빠가 물었다. 나는 천천히 대답했다. 그래야지. 오빠하고도 그 시절의 이야기를 단

한 번도 한 적 없었다. 아들 영호, 영준, 딸 영선. 단 1초도 망설이지 않은 사람처럼 오빠가 쓱쓱 그렇게 썼다. 조문객은 많지 않았다. 영호 오빠는 작은 회사의 신입 사원이었고 나는 더 작은 회사의 계약직이었다. 아이고 한산해도 너무 한산하네. 친척 아주머니가 어깨에 쌓인 눈발을 털어내며 들어서자마자 외쳤다. 그러게, 니들이 진즉 결혼이라도 좀 해두지 그랬냐. 또 다른 친척 아주머니가 혀 차는 소리를 냈다. 그녀들은 우리 집을, 혀 찰 일이 끊이지 않는 집이라고 여기는 게 분명했다. 대놓고 혀를 차도 되는 집, 이라고 말이다.

첫날 밤 10시가 지나자 손님이 아예 끊겼다. 눈발이 점점 굵어지고 있다고 했다. 장례식장 안에는 창문이 없으니 아무것도 알 수 없었다. 오빠와 나는 그저 덤덤히 빈소를 지켰다. 난방이 들어오는지 엉덩이를 대고 앉은 바닥이 적당히 따뜻했다. 좀 눕고 싶다고 생각했다. 그때껏 나는 한 방울의 눈물도 흘리지 않았다. 나는 아무도 없는 곳에 누워서만 울 수 있는 어른이 됐다. 그때 누군가 빈소로 들어서는 기척이 느껴졌다. 나는 반사적으로 몸을 일으켰다. 손님은 여자와 남자였다. 남자는 휠체어에 탔고 여자가 그것을 밀고 들어왔다. 처음에, 얼굴을 보기 전에 나는 그들이 평범한 조문객인 줄로만 알았다.

영정 사진 앞에 두 손을 모으고 여자는 천천히 절을 했다. 여자가 절을 하는 동안, 휠체어의 남자는 고개를 숙이고 있었다. 이윽고 그들이 오빠와 내 쪽으로 몸을 돌렸다. 여자는 임신부인 듯 둥글게 배가 나왔고, 남자는 아직 앳된 얼굴이었다. 어, 어. 오빠가 말을 더듬었다. 나는 눈만 끔뻑거렸다. 여자가 말했다. 나, 누군지 알겠니? 눈가로 뜨거운 것이 확 몰려들었다. 나는 두 손으로 홧홧한 눈가를 문질렀다. 내가 아주 오래전부터 이 순간을 기다려왔음을 알았다.

준이는 여전히 걷지 못했다. 그 애가 구사할 수 있는 단어는 50여 개쯤 되는 것 같았다. 의사소통하는 데 크게 어려움은 없어. 은영 언니가 알려주었다. 언니는 병에 든 사이다를 종이컵에 따라 준이의 손에 쥐여주었다. 접객실엔 우리 넷뿐이었다. 미안해. 언니가 사과했다. 그렇게 말할 때 언니는 내 눈과 마주치지 못했다. 꼭 한번 보러 오려고 했었는데. 언니는 마지막 약속을 잊지 않고 있었다.

내 시선이 잠시 그녀의 배에 머물렀다. 그녀가 둥그런 배에 한 손을 가져다 대며 쑥스럽게 미소 지었다. 3개월쯤 남았어, 아기 낳으면 보러 와, 봄에. 나는 조심스레 고개를 끄덕였다. 나는 준이가 남긴 사이다를 한 모금 마셨다. 미지근한 액체가 흘러 들어갔는데 이상하게 속이 뜨듯해졌다. 요즘도 공주를 그리느냐고, 이제는 금빛과 은빛 색연필을 샀느냐고 묻지 못했다. 언니처럼 계란프라이의 노른자를 예쁘게 만드는 사람은 보지 못했다고, 언니의 공주들이 아직도 서랍 속에 들어 있다고 고백하지 못했다.

은영 언니와 오빠와 내가 준이를 부축하여 휠체어에 앉혔다. 준이가 언젠가와 똑같은 표정으로 입을 크게 벌리고 웃었다. 장례식장에 들어온 후 처음으로 나는 지상으로 올라갔다. 캄캄한 세상에 눈이 펑펑 내리고 있었다. 길이 미끄러울 텐데. 현관 앞에서 나는 겨우 말했다. 괜찮아. 언니가 대답했다. 조금만 걸으면 지하철역인데 뭐. 막차 충분히 탈 수 있어. 준이의 휠체어를 굴리며 은영 언니가 눈 속으로 나아갔다. 그들이 보이지 않을 때까지 나는 그 자리에 서 있었다. 마침내 그들이 시야에서 사라졌을 때 나는 약간 주춤거리며 허공을 향해 손을 내밀었다. 눈송이가 하나, 둘, 셋, 넷, 메마른 손바닥 위에 툭, 툭, 툭, 툭 떨어졌다.

금방 크리스마스네. 새심 깨딜았다는 듯 나는 입속으로 가만히 중얼거렸다.

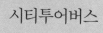
시티투어버스

1

12월 31일은 누군가와 이별하기에 적당한 날이 아니다. 물론 이별을 통보한 상대의 심정을 이해 못 할 바는 아니었다. 해가 바뀌기 전에 숙원 사업을 해결하고 새 마음으로 새해를 시작하고 싶을 터였다. 그렇지만 이쪽에도 입장이라는 게 있었다. 기억이라는 것도 있었다. 12월 31일은 누구라도 좀처럼 잊기 힘든 날짜였다. 구태여 그런 날을 작별 기념일로 지정하여 영원히 추모하고 싶어 하는 사람은 아무도 없을 것이다.

작년 12월 31일 남자 친구가 태연을 가장한 목소리로 헤어지자고 말했을 때 희정은 직감했다. 매년 12월 31일마다 재떨이를 혀로 핥는 것 같은 기분에 휩싸이게 되리라고.

그리고 꼭 1년이 지났다.

12월 30일 저녁, 퇴근을 앞두고 그녀는 부장에게 갔다. 내일 월차를 쓰겠디고 말했다. 부장은 인상을 확 씨푸렸으나 희정은 의지를 꺾을 마음이 전혀 없었다.

어디 떠나기라도 할 거야?

퇴근길에 만난 친구가 물어왔다.

응.

어디?

S시.

응? 뜬금없이 왜?

시티투어버스라는 게 있대서.

거짓말이 아니었다. 그녀가 혼자 떠나는 첫 여행지로 아무 연고도 없는 S시를 택한 건, 거기 시티투어버스가 있기 때문이었다. S역에 도착해 그걸 타면 S시의 관광지들을 천천히 돌 수 있다고 했다. 새해 첫 아침, 가장 낯선 곳의 시티투어버스를 타러 가는 것. 그것이 희정이 스스로에게 부여한 첫 번째 목적이었다. 목적이 있다면, 아무리 낯선 땅에 도착하더라도 홀로 막막해하지 않아도 될 것 같았다. 혼자가 되려고 떠난 길에 기필코 막막해지지 않기 위해 애쓰다니. 지독하게 이율배반적이었다. 그녀는 씁쓰레하게 웃었다.

다음 날, 출근하는 것과 엇비슷한 시간에 집을 나섰다. 출근길이 아님을 강조하고 싶어 동그란 방울이 달린 털모자를 꺼내 썼다가 이내 벗어버렸다. 재작년 겨울, 헤어진 남자 친구와 동대문시장에 놀러 갔다 색깔만 다르게 하나씩 골랐던 모자였다. 물건에 영혼이 깃들어 있다고는 믿지 않았다. 물건은 물건일 뿐이었다. 그 명료한 실감이 그녀를 슬프게 했다.

한 해의 마지막 날에도 사람들은 밥벌이를 위해 집을 나선다. 출근길 4호선 열차 안은 무채색의 외투를 걸친 직장인들로 가득했다. 그녀는 서울역에서 하차했다. 무궁화호 1271. 그것이 오늘 그녀가 탈 열차 번호였다. 그녀가 S시를 선택한 두 번째 이유이기도 했다.

서울역을 아침 9시 30분에 출발하는 기차는 오후 5시 10분이 지나 S역에 도착할 예정이었다. 7시간 반. 우리나라에서 운

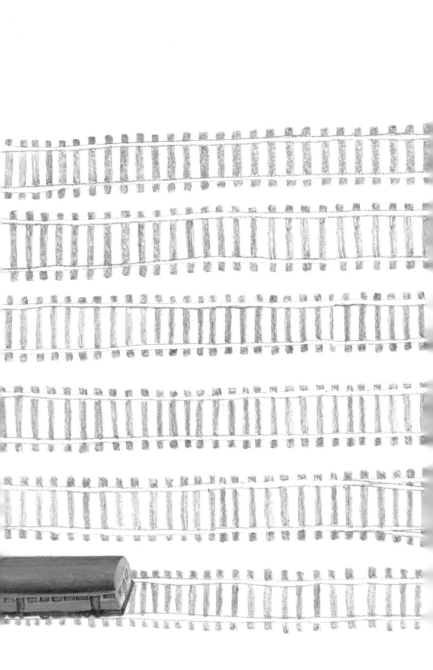

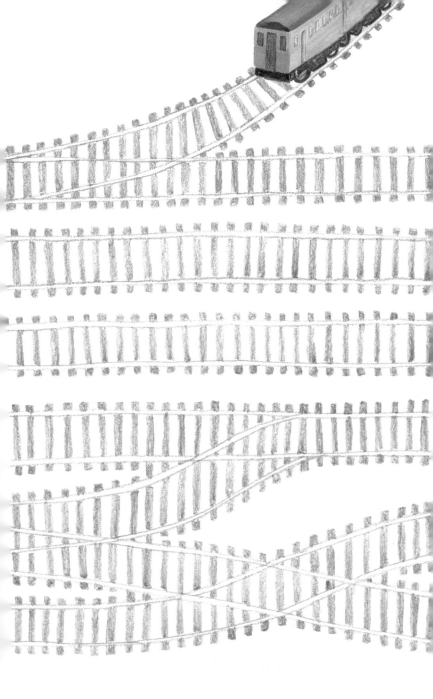

행하는 기차 중에서 운행 시간이 가장 길었다. 그녀가 그 열차를 탄다는 이야기를 듣고서 지난밤 친구가 물었다.

S시가 그렇게 먼가?

멀기는 한데, 그렇게까지 멀지는 않고.

그녀는 말끝을 흐렸다. 스스로가 들어도 알쏭달쏭한 말이었다. 물론 기쁜데 기쁘지 않고 아픈데 아프지 않은 경우가 없는 것은 아니었다. 친구가 또 물었다.

7시간 30분이면 인천공항에서 비행기 타고 발리도 갈 수 있지 않아?

그럴걸.

희정이 대답했다.

괌에 가고도 남겠다.

친구가 또 말했다.

아마 그럴 거야.

말도 안 돼.

그것이 친구의 결론이었다.

…….

그냥 KTX 타면 되잖아?

뭐라 대꾸해야 할지 알 수 없었다. 친구는 계속 의아스러워했다.

난 정말 이해가 안 된다. 무궁화호가 쾌적한 것도 아닌데 왜 일부러 그렇게 멀리 돌아가?

친구의 눈빛은 마치 희정에게 그녀가 선택한 삶 전체에 대하여 명확히 설명하기를 요구하는 것처럼 느껴졌다. 희정은 겨우 덧붙였다.

왜냐하면, 그게 거기 닿기 위한 가장 느린 방법이니까.

희정의 좌석은 창가 자리였다. 유리창 너머로 부신 해가 쏟아졌다. 그녀는 무릎 위에 손을 얹은 채 창밖을 바라보았다. 거리들이, 산과, 하늘과, 사람들이 느릿느릿 스쳐 지나갔다. 그게 전부였다. 오래도록 그녀는 한마디도 하지 않았다. 화장실에 두 차례 다녀온 것 말고는 의자에서 꿈쩍도 하지 않았다. 숨이 막히지도 답답하지도 않았다.

7시간 30분이 7시간 30분만큼의 속도로 흘렀다. 더 빠르거나 더 늦다고 감각되는 순간들도 있었으나 어떤 1초도 공평하게 똑같았다. 12월 31일, 오후 5시 10분. 희정은 드디어 S시의 땅을 밟았다. 가슴이 후련했다.

2

정훈은 여행을 별로 좋아하지 않았다. 그럴 만한 여유가 없는 환경에서 자란 탓일지도 몰랐다. 부모는 근검절약하는 생활이 몸에 밴 사람들이었다. 지난해의 달력을 버리지 않고 모아두었다가 뒷면으로 교과서의 표지를 싸고, 모나미 볼펜 껍데기를 잘라 뭉툭해진 몽당연필 끝에 끼워 쓰는 일은 자연스러운 일상의 풍경이었다.

부모는 늘 말했다. 현재는 미래를 위한 적금이야. 차곡차곡 모아야 해. 그들은 사탕이나 초콜릿 같은 달콤한 주전부리는 거의 사주지 않았는데, 치아에 좋지 않다는 이유와 단맛에 너무 일찍부터 길들면 큰일 난다는 이유를 번갈아 댔다. 두 가지 다 그들에게는 심각한 진실일 터였다. 혀끝에 가만히 대고만 있어도 닳아가는 막대 사탕의 아쉬움을 정훈은 한 여자를 만나고서야 다시 알게 되었다. 그전까지는 부모의 뜻에 따라 공무원이 되는 것만이 그의 유일한 꿈이자 장래 희망이었다.

나는 별로야.

그녀가 제일 많이 하는 말은, 별로야, 였다.

쳇바퀴 도는 삶 재미없잖아. 빤하지만 않으면 돼.

안정적인 것을 최고의 미덕으로 삼는 시대에 여자 친구의 말은 신선하게 들렸다. 아마 다른 사람이 아니라 그 여자의 말이라 그랬을 것이다. 여자 친구는 사진을 찍는 사람이 되고 싶다고 했다. 캐논 600D라는 이름의 검은색 카메라를 애지중지 어디든 들고 다녔다. 세상에서 사진 찍기가 가장 좋고 그다음으로는 여행이 좋다고 했다.

아, 아니다. 바꿔야겠어. 제일 좋은 건 여행 가서 사진 찍는 거라고.

정훈은 조금 섭섭해졌다. 그렇다면 자신의 자리는 아무리 해도 3등을 넘어서기는 어렵다는 뜻이었으니까. 어느 봄, 연분홍 벚꽃 잎이 난분분히 허공에 흩어지던 날 여자 친구가 무언가를 내밀었다. S시의 지명이 찍힌 열차표였다.

꼭 한번 타보고 싶었어. 우리나라에서 가장 긴 시간 동안 선로 위를 달리는 열차래.

기차 안에서 그들은 찐 계란과 바나나를 까먹었고, 이어폰을 한쪽씩 나눠 끼고 달달한 발라드를 나눠 들었고, 머리를 맞대고 조용히 졸기도 했다. S시에서 여자는 쉬지 않고 렌즈를 바꾸고 셔터를 눌렀다. 정훈은 S시의 전경이 아니라 그런 여자의 모습을 지긋이 눈에 담았다. 그들이 함께한 첫 여행이었다. 다음 날 돌아갈 때에 올 때와는 다르게 여자는 가장 빨리 도착하는 KTX를 타자고 했다.

한 번이면 충분해. 7시간 반은 너무 지루하더라.

어쩐지 아쉽다는 생각이 들었지만 정훈은 항상 그래왔듯 여자 친구의 의견에 동의했다.

얼마 후 그는 오래 준비하던 시험을 치렀다. 낙방이었다. 여자를 만난 뒤 공부에 열중하지 않았기 때문일 수도 있지만 애초에 적성에 맞지 않는 공부였을지도 몰랐다. 그는 어쩌면 이제야 여자 친구의 바람대로 덜 재미없는 삶을 살게 되었다고 생각했다. 이상하게 등이 홀가분해지는 것 같은 기분이 들었다. 그런데 여자 친구와 연락이 되지 않았다. 며칠 뒤 그녀는 문자메시지로 이별을 통보해왔다.

아무래도 안 되겠어.
나는 더 자유롭게 살고 싶어.

정훈은 글자 하나하나를 씹어 삼킬 듯이 들여다보았다. 곧이어 또 하나의 문자메시지가 도착했다.

혹시 오해할까 봐서 하는 말인데
시험 결과랑은 전혀 상관없어.
앞으로 좋은 일만 있길.

달리 갈 곳이 없었기 때문에 정훈은 수험서가 산처럼 쌓인 고시원으로 돌아갔다. 몇 달 지나지 않아 여자에게 다른 사람이 생겼다는 소식이 들려왔다. 물론 소문이었으므로 진위는 확인할 수 없었다. 그는 그길로 짐을 챙겨 고시원을 나왔다. 여자의 표현을 빌려, 혹시 오해할까 봐 덧붙이자면, 시험을 포기한 게 꼭 여자의 탓만은 아니었다.

그는 닥치는 대로 일을 했다. 닥치는 대로, 라는 표현이 어울리는 삶은 처음이었다. 생각이라는 걸 할 수 있는 시간이 적으면 적을수록 좋았다. 혹시 틈이 나면 오직 현재만을 생각했다. 때론 미래를 예비하지 않는 것이 가장 큰 치료가 되는 나날이 있었다.

점점 겨울이 깊어갔다. 우연히 전자 상가에 갔다가 중고 카메라 파는 곳에서 여자의 것과 똑같은 카메라를 보았다. 판매 직원이 비슷한 사양의 다른 카메라들을 진열장에서 꺼내 들며 설명을 이어가려고 했다.

아니 됐어요. 그냥 이걸로 할게요.

한 손으로 들기에 제법 묵직했다. 전에 사용하던 사람의 흔적은 카메라 몸체 어디에도 남아 있지 않았다. 그것이 가장 마음에 들었다. 그러고 보니 한 해의 마지막 날이었다. 만날 사람도, 갈 곳도 떠오르지 않았다. 그는 무작정 기차역으로 갔다.

S시행 KTX 열차에 빈 좌석이 하나 남아 있었다. 행운인지 아닌지 따져보지도 않고 그는 무작정 올라탔다. S시라는 이름 앞에서 도망치지 않았다. S시에 도착하니 이미 날이 어둑어둑했다. 역 근처의 게스트하우스에서 하룻밤을 보냈다. 카메라를

이부자리 옆에 가만히 놓아두었다.

다음 날 아침, 식당에서 마주친 다른 여행자로부터 이곳에 시티투어버스라는 게 있다는 이야기를 전해 들었다. 그는 어슬 렁어슬렁 버스 정류소를 향해 걸어갔다. 젊은 여자 하나가 미리 와 버스를 기다리고 있었다. 키가 훌쩍 크고 목덜미가 여위고 갓 빨아 널린 이불 홑청처럼 새하얀 운동화를 신은 여자였다. 그들은 아무 말도 하지 않고 버스를 기다렸다. 버스는 여간 해서 오지 않았다.

얼마나 지났을까, 여자가 먼저 머뭇머뭇 입을 열었다.

저기요, 혹시.

네?

오늘 버스 안 오는 게 아닐까요?

네?

이상해서요. 기다리는 사람도 우리밖에 없고. 오늘이 1월 1일 이라서, 어쩌면 그럴지도 모르겠다는 생각이 지금 막 들어요.

아.

정훈은 자기도 모르게 짧은 탄식을 뱉었다.

1월 1일, 오전 10시.

그래도, 혼자가 아니라 다행이라고 그들은 동시에 생각했다.

시작이었다.

폭설

1

　여행지를 결정한 건 남자였다. 남자는 산을 좋아했다. 아니, 바다를 좋아하지 않는다고 말하는 편이 더 정확할 것이다. 남자가 좋아하지 않는 것들의 리스트는 아주 길었는데, 그중에는 낮의 해변을 날아다니는 갈매기들과, 밤의 해변을 뛰어다니며 조악한 품질의 폭죽을 쏘아 올리는 젊은이들도 들어 있었다. 사람이 던지는 새우깡만 날름 받아먹고 약 올리듯 다시 날아오르는 갈매기는 탐욕스럽고, 타인에게 방해가 되든 말든 목청껏 소리를 질러대는 젊은이는 한심하다는 것이 남자의 생각이었다. 남자는 그 생각을 있는 그대로 여자에게 말했다. 그러곤

지당하다는 듯 결론 내렸다.

"겨울엔 역시 산이지."

여자는 대꾸 없이 웃었다. 여자는 남자가 고른 여행지를 반대하지 않았다. 남자가 바다를 싫어하는 그 정도로 산을 싫어하지는 않았기 때문이다. 아니, 여자는 자신이 산을 싫어하는지 그렇지 않은지 알 만한 기회를, 살아오는 동안 거의 가지지 못했다. 여자가 마지막으로 산이라고 이름 붙은 곳에 제 발로 찾아간 건, 대학교 졸업 여행을 갔을 때가 마지막이었다. 일행을 따라 얼떨결에 산에 오르면서 그 산의 정상이 해발 1950미터라는 말을 처음 들었다. 1950미터라니. 여자에겐 쉬 가늠되지 않는 수치였다. 그날 여자는 195미터도 채 못 가서 왼쪽 다리를 접질렸고, 한 남자 선배의 등에 업힌 채 그냥 내려와야 했다. 그때 자진해 여자를 업겠다고 나선 선배와 그날 이후 가까워져 1년여가량 사귀다 헤어졌다. 벌써 10년도 더 지난 옛일이었다. 여자에겐 지금 결혼식을 몇 개월 앞둔 든든한 약혼자가 있었고, 잘 알지도 못하는 남자의 등에 업혀 뜨거운 사랑에 빠지는 것 같은 사건은 인생에서 다시 일어나지 않을 것이다.

금요일 저녁, 남자가 여자의 직장 앞으로 데리러 왔다. 남자는 지난달에 뽑은 새 차를 몰고 왔다. 일본 자동차 브랜드에서 만든 하이브리드 카였다. 조수석에 올라타면서 여자는 회사 사람들 눈에 띄고 싶지는 않지만 한두 명쯤은 봐주었으면 좋겠다는 생각을 했고, 그런 스스로의 욕망이 당혹스러워 작게 실소했다. 남자가 미리 데워둔 열선 시트가 따뜻하고 안락하게 여자의 둔부를 감쌌다. 비로소 여자는 좀 전까지 서 있었던 바깥의 공기가 얼마나 차가웠는지를 실감했다.

엄밀히 말해 그들의 여행은, 설악산 주변에 놀러 가는 것일 뿐, 등산이라고 하기는 어려웠다. 고속도로를 달려 설악산국립공원에 도착하고, 인근의 리조트에서 이틀간 묵는다는 것이 남자가 세운 계획의 근간이었다. 그 2박 3일 동안 그들의 세부 스케줄 역시 남자가 꼼꼼히 마련해놓았다. 그들은 호수공원을 산책할 것이고, 산 중턱까지 케이블카를 타고 올라 전망대에서 커피를 마실 것이고, 워터파크에서 물놀이를 즐길 것이고, 온천욕을 할 것이고, 황태구이와 순두부를 먹을 것이었다.

"괜찮을까?"

차가 고속도로에 막 진입한 순간, 먼저 입을 뗀 쪽은 여자였다.

"뭐가?"

남자가 곧바로 되물었다.

"눈."

대답하면서 여자는, 남자가 실은 질문 의도를 이미 파악하고 있음을 직감했다. 남자는 다만 자기도 그 문제를 신경 쓰고 있음을 드러내고 싶지 않은 것이다. 올겨울의 강설량은 기록적이었다. 특히 그들이 지금 가려는 강원도의 피해가 가장 심했다. 뉴스에서는 연일 영동 지역 폭설에 관련된 내용이 보도되었다. 산간 마을에 고립된 노인들과, 눈의 무게를 이기지 못하고 지붕이 무너져 내린 축사에 매몰된 가축들, 사람 키보다 높이 쌓인 눈을 퍼 담는 제설용 덤프트럭과 포클레인의 모습이 티브이 화면에서 흘러나왔다.

"그쳤어."

남자가 별스럽지 않다는 듯 대꾸했다.

"그래도, 다시 올 수도 있잖아."

여자는 조심스럽게 말을 받았다.

"안 온댔어. 적어도 이번 주말엔."

"누가?"

"기상청이."

"핏."

핸들을 쥔 채 전방만을 바라보던 남자가 여자 쪽으로 흘깃 시선을 돌렸다 거뒀다. 아주 짧은 동안이었다. 여자는 남자가 자신이 뱉은 감탄사에 기분이 상했음을 알아차렸다.

"기상청 예보라는 게 원래 이랬다 저랬다 하니까 하는 소리야."

여자는 변명처럼 덧붙였다.

"아 됐어. 걱정 마."

남자가 조금은 퉁명스레 말을 잘랐다. 금요일 저녁답지 않게 영동고속도로의 소통은 원활했다. 여자는 걱정스러워졌다. 폭설 때문에 이렇게 뒤숭숭한 상황에서, 하필 전국에서 눈이 가장 많이 내렸다는 그곳을 향해 일부러 휴가를 떠나는 이가 자신들 말고 또 있을까? 거기 누가 기다리는 것도 아닌데 남자는

왜 고집을 꺾지 않을까? 여자는 속상한 마음으로 차창 밖을 바라보았다. 고속도로 변의 개성 없는 풍경들이 빠르게 지나갔다. 그 풍경을 한참 바라보다가 여자는 가방 속의 스마트폰이 떠올랐다. 전화기를 꺼내어 일기예보를 확인하는 동안 여자의 표정이 어두워졌다.

"어떡해. 자기야, 지금 눈 온대. 갑자기 쏟아지고 있대."

"금방 그칠 거야."

남자가 또 대수롭잖게 대답했다.

"차 돌리자."

남자는 들은 척도 하지 않는 것 같았다.

"눈 온다는데, 돌아가자고."

남자가 한숨을 크게 한번 내쉬었다.

"눈 와도 날이 푹해서 금방 다 녹아. 눈 내리면 더 운치 있고 좋을 거야."

"어쩌려고 그래. 정말."

여자의 불안감이 점점 깊어갔다.

2

 강원도에 접어들자 컴컴한 밤하늘에서 굵은 눈발이 쏟아졌다. 그곳의 세상은 이미 온통 눈 천지였다. 가뜩이나 폭 좁은 2차선 도로는 양쪽 갓길에 쌓인 눈 더미 때문에 더욱 좁아져 있었다. 가장자리마다 쌓여 있는 눈 더미의 양은 어마어마했다. 여자의 키보다 더 높을 것 같았다. 그들을 태운 자동차 바퀴는 눈송이들이 빠른 속도로 내려앉는 도로를 조심조심 미끄러져 나갔다. 도로에는 앞서 가는 차도, 뒤따라오는 차도, 마주 오는 차도 보이지 않았다.

 "괜찮아?"

 여자는 참지 못하고 또 물었다. 남자는 "응"이라고 짧게 답했다. 여자는 또 참지 못했다.

 "좀 성의 있게 대답해봐. 길 상태가 운전할 만하냐고?"

 남자가 짜증을 냈다.

 "야, 너 지금까지 열 번도 넘게 물어본 거 알아?"

 "열 번은 아니야."

여자가 새치름해져서 말했다. 물론 미시령터널을 지난 이후, 여자의 입에서 괜찮으냐는 의문문이 여러 번 나온 것은 사실이었다. 여자 입장에서는 절박하게 궁금해서 그런 것뿐이었다. 남자는 그때마다 심상한 어투로 괜찮다고 답했고, 그건 여자의 귀에는 괜찮지 않다는 의미로 번역되어 들렸다. 똑같은 질문의 횟수가 거듭될수록 여자의 불안이 온전히 해소되기는커녕 눈덩이처럼 커져가기만 했다.

"제발 날 좀 믿어."

남자가 답답해하며 말했다.

"믿지 않는다는 뜻이 아니야."

여자 역시 답답했다.

"그럼 뭐야?"

남자의 음성이 높아졌다.

"내가 괜찮다고 하잖아. 근데 넌 내 말을 계속 못 믿는 거잖아. 내 운전도 못 믿는 거고."

"기가 막혀. 자기 운전을 못 믿는 게 아니라, 길을 못 믿는 거라고. 눈을 못 믿는 거고, 자연을 못 믿는 거야."

"갈 만하다고 했잖아, 내가. 안 그래도 집중해야 하는데 옆에서 아주 헷갈려죽겠다."

여자가 남자를 째려보았다. 그때 중앙선 맞은편에서 히이빔을 켠 트럭 한 대가 기어오다시피 하는 모습이 보였다. 남자의 차와 트럭은 좁디좁은 도로 위에서 아슬아슬하게 비켜갔다.

"어유. 큰일 날 뻔했잖아!"

여자가 과장되게 외쳤다. 남자는 말이 없었다. 여자가 들으란 듯이 한숨을 삼키며 도리질을 했다.

"더 이상 어떻게 가. 못 가. 못 가."

"야!"

남자가 버럭 소리를 질렀다.

"조용히 못 해!"

"아, 이런 데 어떻게 가. 그만 차 세우자!"

여자도 지지 않고 핏대를 세웠다.

"차 세울 데가 어디 있어? 이런 길에서!"

"이거 봐. 자기도 '이런 길'이라고 하면서! 왜 나한테만 그래? 자기도 더 이상 가는 건 무리라고 생각하면서!"

"아이 씨!"

"지금 욕했어? 욕한 거야? 그런 거야?"

"조용히 좀 해!"

그들은 팽팽한 정적에 빠졌다. 여자는 이런 기후에 꿋꿋이 주행을 강행하려는 남자를 이해할 수 없었다. 남자도 마찬가지일까? 굳게 입을 다문 남자의 옆모습으로는 아무것도 알 수가 없었다. 여자의 가슴이 천천히 옥죄어왔다. 리조트까지는 5킬로미터가 남았다는 안내 표지판이 보였다.

"다 왔다."

남자가 아까보다 누그러진 목소리로 말했다.

"뭐가 다 와. 5킬로미터가 얼마나 먼데."

여자는 저 역시 아까에 비해 한풀 꺾인 목소리로 웅얼댔다고 생각했는데, 남자에게는 그게 아니었나 보았다. 별안간 남자가 길 한복판에 차를 세웠다. 여자가 비명을 질렀다.

"뭐하는 짓이야?"

여자가 남자를 노려보았다.

"차 세우라며?"

"미쳤어!"

여자는 있는 힘껏 소리를 질렀다.

"세상에 여기다 세우는 법이 어디 있어? 뒤에서 오는 차가 받으면 어떡해? 응? 빨리 가. 빨리 움직여."

남자는 또 한 번 땅이 꺼져라 한숨을 뱉곤 차를 움직여 조금 더 가장자리 가까이로 옮겼다. 그러곤 시동을 끄고 차에서 내렸다. 함박눈 속에서, 담배를 꺼내 입에 무는 남자의 모습을 여자는 창문을 통해 쳐다보았다. 남자가 품속에 담배를 가지고 다니는 줄은 까맣게 몰랐다. 여자가 알기에 남자는 금연을 한 지 반년이 넘었으며, 그건 여자가 남자와의 결혼을 결심하는 데 꽤 중요한 요인 중 하나로 작용했다. 여자는 자신의 약혼자가 절제력이 강한 사람이라고 믿어왔다. 건강과 미래의 가족을 위해 담배 정도는 얼마든지 참을 수 있는 사람이라고. 여자는 이맛살을 한껏 찌푸렸다. 남자가 시동을 끄고 나가는 바람에 차 안의 기온은 천천히 식어가고 있었다. 등과 엉덩이를 뜨듯하게 데워주던 열선 시트도 더 이상 작동되지 않았다.

이건 아니다. 그 문장이 벼락처럼 여자의 정수리에서 번쩍였다. 여자는 패딩 점퍼를 단단히 여미고 가방을 한 손에 움켜쥐고선 차 문을 열었다. 이마 위로 서늘한 눈송이들이 사정없이 쏟아져 내렸다. 남자 쪽은 쳐다보지도 않고 분연한 걸음으로 도로를 걷기 시작했다. 30미터쯤 걸었을까, 등 뒤에서 남자가 여자의 이름을 부르는 소리가 들려왔다. 못 들은 척 여자는 계속 앞을 향해 걸어 나갔다. 눈은 계속 쏟아졌지만 남자의 말대로 날씨는 춥지 않았고, 하늘에서 떨어지는 눈송이들은 땅 위에 닿는 족족 녹는 것 같았다. 길은 여자의 상상만큼 미끄럽지 않았다.

뒤에서 여자의 이름을 부르는 남자의 목소리가 점점 가까워졌다. 남자는 뛰어오고 있나 보았다. 여자는 속도를 조금 늦추었다. 이윽고 남자가 여자의 어깨를 낚아챘다. 남자는 화를 내는 대신 여자를 끌어안았고, 여자 역시 화를 내는 대신 남자의 품에서 잠시 눈물을 흘렸다.

그들은 손을 잡고 자동차까지 도로 걸어왔다. 아무도 없는 컴컴한 밤의 국도변을, 사랑하는 연인과 단둘이 걷는 일은 평생 한 번 할까 말까 한 경험이었다. 그러고 보니, 꽤 낭만적이

네. 여자는 생각했다. 여행을 결정하고 처음으로 목적지가 겨울 산인 것도 괜찮다는 생각이 들었다.

차 앞에 도착했을 때, 남자가 코트 주머니를 뒤지기 시작했다.

"어, 어디 갔지?"

남자가 당혹감을 숨기지 못했다.

"왜? 왜 그래?"

"아니야. 기다려봐. 잠깐만."

말은 그렇게 하면서도, 남자는 몹시 당황하는 눈치였다.

"왜? 왜?"

"……없어졌어."

"뭐가?"

"열쇠. 자동차 열쇠가."

"차 안에 있겠지."

떨리는 마음을 애써 가라앉히며 여자가 말했다.

"아냐. 아까 너 따라가기 전에 분명히 뺐어. 그리고 문을 잠갔는데. 어, 어디 갔지?"

어두움 속에서도 남자의 황망한 표정이 분명히 보였다. 여자는 차 문을 당겨보았다. 문은 잠겨 있었다.

"차 안에 넣고 잠근 거 아냐?"

"넣고 어떻게 잠가지냐."

남자의 말이 맞았다. 여자는 재차 확인했다.

"진짜 없어? 진짜?"

그들은 좀 전에 같이 걸어왔던 길을 망연하게 바라보았다. 방금 전 저 길을 어떻게 걸어서 왕복했나 싶은, 암흑이었다. 거기 떨어져 있는 것이 자동차 스마트 키가 아니라, 로드킬 당한 짐승의 사체라면 더 믿기 쉬울 것 같았다. 맞은편에서 자동차 한 대가 꽤 빠른 속도로 휙 지나갔다.

"어떡하지?"

여자가 물었다. 남자가 혼잣말하듯 중얼댔다.

"저기 어딘가 있겠지. 잘 찾아봐야지."

"그래야지."

여자가 말을 받았다.

이제 그들에게 진짜 여행이 시작되었는지도 몰랐다.

아일랜드

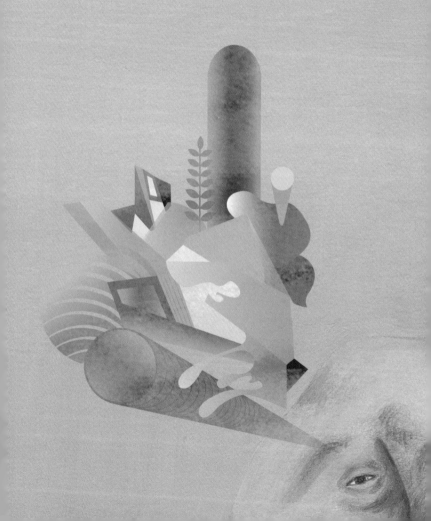

제부도에 간 적이 있다.

바다와 바다 사이에 놓인 긴 다리를 건너.

탈색된 하늘엔 뭉글뭉글한 구름들만 낮게 흘러갈 뿐 갈매기 한 마리 날아다니지 않았다.

그때 나는 열여덟 살의 끄트머리에 있었다. 살다 보면 누구에게나 급성 감기처럼 찾아오곤 하는 순간이 그때 나를 침범했다. 세상이 온통 생소하게 느껴지고, 귀와 목구멍이 먹먹하고 걸음을 뗄 적마다 운동화 밑창이 땅 밑으로 푹푹 빠져 들어가는 느낌에 대해서라면 나는 조금쯤 알고 있다.

무작정 지하철을 탔다. 코트 주머니에 양손을 찌른 채 종로

거리를 하염없이 걸었다. '사주, 운명 봐드럽니다'라는 문패를 내건 천막들이 길가 여기저기 흩어져 있었다. 그중 하나가 눈에 들어왔다. 정신을 차려보니 나는 이미 그 안에 들어서고 있었다.

천막 안은 조촐했다. 좌판 앞에 앉은 사람은 할아버지라 불러야 할 것 같은 초로의 남자였다. 남자는 텔레비전에 나오는 도인들과는 사뭇 다른, 동네 복덕방 주인 같은 외모의 소유자였다. 나는 웃어야 할지 울어야 할지 판단할 수 없었다. 번들번들한 대머리에, 코끝에는 그 흔한 돋보기안경 하나 걸치지 않은 점쟁이가 내 생년월일을 물었다. 식당에 들어가면 "뭐 드시겠어요?"라는 질문으로 시작하는 것과 비슷한 이 천막의 규칙인가 보았다. 이윽고 할아버지는 앉은뱅이책상 위에 놓인 싯누런 책을 펼쳐 들고선 책갈피를 느릿느릿 뒤적이기 시작했다.

"시는?"

"네?"

"태어난 시간 말이야."

"글쎄…… 잘 모르겠는데……."

새벽녘에 병원에 들어갔다가 꼬박 12시간 진통을 하고서야 나를 낳았다던 엄마 얘기가 떠올랐다.

"그러면 오후 4, 5시경 되겠구면. 신시야. 원숭이. 앞으로는 그렇게 알고 있으라고."

복도에서 뛰다가 착한 교장 선생님에게 걸린 아이처럼 나는 양순하게 고개를 끄덕였다. 별안간 할아버지가 얼굴을 쳐들더니 내 눈을 똑바로 바라보았다.

"그런데, 학생은 뭐가 궁금해?"

허를 찌르는 질문이었다. 귀뺨이 훅 달아올랐다. 그러게. 나에게 내가 묻고 싶은 질문이었다. 무엇이 궁금하여 나는 여기 앉아 있을까. 점은 처음이었다. 친구들이 장난삼아 보곤 하는 인터넷 사주도 흘끔거린 적이 없었다. 말하자면 나는 운명 같은 것은 믿지 않는 쪽에 가까웠다. 뭐가 궁금한지 둘러댈 만한 이유가 없지는 않았다. 이 겨울방학만 지나면 고3이 된다는 것. 내 성적은 하위권에 속하며 이대로라면 어른들이 말하는 멀쩡한 대학에는 결코 가지 못하리라는 것. 그러나 그런 정도의 전형적이고 현실적인 이유만으로는, 나의 어제와 오늘과 내

일에 대한 가없는 불안감을 제대로 설명하기 어려웠다. 내가 진짜로 확인하고 싶은 건 내가 영원한 불안의 운명을 타고난 아이라는 사실이었다. 차라리 그러면 마음이 놓일 것 같았다. 갑자기 내가 너무 한심하게 느껴졌다. 생전 처음 본 모르는 할아버지가 내 운명의 비밀을 밝혀주리라 기대하다니. 나는 정말 미친 게 아닐까.

"뾰족한 모서리에 서 있는 것 같아요."

이해를 바라고 한 말이 아니었다. 점쟁이는 나를 말끄러미 건너다보던 시선을 거두지 않았다. 나는 눈을 내리깔았다. 더는 한마디도 하지 않을 참이었다. 그도 더 이상 아무것도 묻지 않았다. 이상한 침묵이 천막 안을 감쌌다. 어쩌면 그는 매우 훌륭한 점쟁이여서 어린 고객의 멈칫거림과, 그 멈칫거림 너머 애써 감추고 있는 텅 빈 속을 진즉 눈치챘는지도 몰랐다.

이윽고 그는 앉은뱅이책상 위에다 누런 한지를 펼쳐놓았다. 그러곤 붓펜을 들었다. 허공을 가르는 날렵한 손놀림이었다. 순식간에, 피처럼 강렬한 붉은빛 상형문자가 종이 위에 아로새겨졌다. 말로만 듣던 부적이었다. 할아버지는 규격 편지 봉투에 그것을 넣어 나에게 건넸다.

"자, 이제 이걸 태우면 돼."

나는 엉겁결에 봉투를 받아들었다.

"일주일 안에, 꼭 섬에 가서 태우도록 해."

"네?"

커다랗게 반문했던 건 '섬'이라는 단어가 어리둥절하게 들렸기 때문이다.

"섬 말이야, 섬. 몰라? 사방이 바다로 된."

"제주도 같은 데 말씀이세요?"

"그렇게 멀지 않아도 돼. 비행기 타고 가지 않아도 아무튼 섬이면 괜찮다고."

섬. 섬이라니.

"자, 이제 됐으니까 나가 봐. 부적 값까지 해서 만오천 원이야."

나는 지갑을 털어 할아버지 손바닥 위에 고이 올려놓았다. 천막의 휘장을 걷고 밖으로 나왔다. 아직 해가 훤했다. 천막의 안과 밖. 겨우 한 겹의 얇은 천으로 나뉘어 있을 뿐인데 마치 다른 차원의 세상에서 간신히 빠져나온 것처럼 얼얼했다. 커다랗게 심호흡을 해보았다. 맵싸한 바람이 휘익 불어와 앞 머리칼을 쓸어 넘겼다. 나는 손에 쥔 봉투를 내려다보았다. 뜨거운 축복이나 흉측한 저주 대신 부적 한 장만이 달랑 남겨졌다. 감당 못 하는 비밀을 꿀꺽 삼키듯 나는 그것을 주머니 깊숙이 집어넣었다.

섬에 간다는 것을 어디에도 말할 수 없었다. 어떤 부모도, 어떤 교사도 순순히 허락할 리 없었다. 그 자리에서 곧바로 머리통을 쥐어박히지 않으면 다행이었다. 친구들도 마찬가지였다. 엄마 아빠도, 담임도, 친구들도, 내가 하는 말을 제대로 알아듣지 못할 게 뻔했다. 섬에, 부적을, 태우러 가다니. 하긴 내가 무슨 짓을 하려는지 나도 이해하기 어려웠다.

1박 2일이 넘어가는 여행을 시도하기는 불가능했으므로 남해안의 섬들은 후보에서 제외되었다. 며칠 동안 틈나는 대로 인터넷에 들어가 서해안의 섬들을 찾아보았다. '도' 자로 끝나는 서해안의 섬들은 너무 많았다. 한번 들어본 것 같은 이름도 있고 한없이 생경하기만 한 이름들도 있었다. 그 낯선 이름들을 입속으로 웅얼웅얼 외워보았다.

점쟁이 할아버지가 정해준 기한은 일주일이었다. 매일매일 조금씩 나는 섬을 생각했다. 밤늦게까지 학원 교실의 한 뼘짜리 하이팩 의자에 엉덩이를 붙이고 있다가 문득 화이트보드가 펄럭이는 바다 같다는 생각이 들었다. 내가 얼마나 떠나고 싶은지를 알았다.

닷새째 되는 날 아침 학원으로 가는 버스 대신 지하철역으로 가는 마을버스를 탔다. 창밖을 내다보았다. 평범한 아침이었다. 거리는 더없이 평화로워 보였다. 시간을 확인하려다 그냥 핸드폰 전원을 껐다. 크로스로 둘러맨 가방 안쪽에 부적 봉투와, 일회용 라이터가 나란히 들어 있었다. 이럴 때 누군가 툭 어깨를 치며 "같이 가자!"고 말해주는 상상을 해보았다. 그러면 든든할까? 하지만 혼자도 나쁘지 않았다.

지하철 4호선 금정역에서 내려 다시 버스로 갈아탔다. 차 옆구리에 '제부도 입구'라고 빨간 글씨로 써 있었지만 다시 한 번 확인했다.

"이 차, 제부도 가나요?"

제. 부. 도. 처음 입 밖으로 내보았는데 의외로 그 발음이 따뜻했다. 매표소를 통과한 차는 길게 이어진 다리를 달려갔다. 아침에 열리고 저녁에 닫히는 길. 어둠 속에서는 물이었다가, 빛 아래서는 갯벌이 되는 바다. ㄱ 위를 달리는 동안 가슴뼈가 마구 흔들렸다. 물과 섬을 잇는 폭 좁은 다리 위에는 태양열로 작동하는 가로등이 점점이 박혀 있었다. 만약 전쟁 같은 천재지변이라도 터져 이 바닷길이 막히고 세상의 모든 전기 공급이 중단되더라도, 저 가로등들은 저 홀로 온종일 꺼졌다 켜지기를 반복할 것이다.

제부도 해변은 황량했다. 소복소복 황금빛 탐스런 모래 대신, 하얗게 바래고 잘게 부서진 조개껍데기들이 진흙과 뒤섞여 있었다. 신발로 꾹꾹 밟으며 오래 걸었다. 지나온 자리마다 발자국 무늬가 희미하게 찍혔다. 인적 없는 곳에서, 가져온 봉투를 꺼냈다. 착착 접힌 노란 종이가 그 안에 얌전히 누워 있었다.

한 손에 부적을 움켜쥐고, 다른 손에 일회용 가스라이터를 들었다. 엄지로 라이터를 켰다. 그러나 불이 붙지 않았다. 바닷

바람 앞에서 일회용 라이터의 화력은 맥을 못 추었고, 불은 종이로 채 옮겨 붙기도 전에 획 꺼져버렸다. 거듭 되풀이해도 결과는 똑같았다. 자꾸만 쿡쿡 웃음이 났다. 끝내 타지 못한 부적이 나를 어리둥절하게 지켜보았다.

목적을 이루지 못하고서, 바다와 바다 사이에 놓인 긴 다리를 건너 다시 육지로 돌아왔다. 탈색된 하늘엔 뭉글뭉글한 구름들만 낮게 흘러갈 뿐 갈매기 한 마리 날아다니지 않았다. 목적을 달성하지 못했다는 자괴감 같은 건 들지 않았다.

다시 들고 온 부적을 그 뒤에 어떻게 처리했는지, 지금은 잊어버렸다. 이름 모를 그 점쟁이 할아버지가 꽤 용한 분이었음은 분명하다.

누가 제부도에 가본 적 있느냐고 물으면 긍정도 부정도 하지 않는다. 가끔은 내가 정말 그곳에 다녀온 걸까 의심스럽기도 하다. 겨울은 매년 아주 금방 돌아오는 것 같다. 겨울 해변에 갈 수 있을 때도 있고 그러지 못할 때도 있다. 열여덟 살의 제부도로부터 부정확한 속도로 멀어져간다. 뾰족한 모서리에 서 있는 느낌은 잊을 만하면 찾아든다. 그럴 땐 아직도 저 홀로 꺼졌다 켜졌다 하고 있을 다리 위의 가로등을 생각한다. 태양이 존재하는 동안 작동을 멈추지 않을.

모두 다 집이 있다

사람들은 그것을 전쟁이라고 불렀다. 그러나 H는 아랑곳하지 않았다. 대한민국의 자동차 보유 대수는 2천만 대에 육박했다. 두 명 중 한 명이 차를 몰고 다니는 셈이었다. 그러니, 생각해보라. 이른 아침부터 늦은 밤까지 도로를 가득 메운 자동차의 물결들 속에 자신의 작은 차 한 대쯤 보탠다고 해서 도대체 달라질 게 무어란 말인가.

　"난 반대다."

　선배 1은 말렸다.

　"꼼짝 못 하고 차 속에 몇 시간 갇혀 있어봐. 땅을 치고 후회하나, 안 하나. 내 눈깔 내가 찔렀다고 후회해봐야 때는 늦은 거야. 그뿐인 줄 알아? 철마다 엔진오일 갈아줘야지. 보험료 내

야지. 기름 값은 또 어떻고? 한번 당해봐. 애물단지가 따로 없어."

선배 2도 마찬가지였다.

"그래. 네가 아직 몰라서 그렇지. 차를 사는 순간 정말 행복 끝, 고생 시작인 거야. 돈 차곡차곡 모아서 결혼해야지."

입에 거품을 물며 만류하던 선배들은, 그러나 집에 갈 때가 되자 각자의 자동차에 시동을 걸고 유유히 사라졌다. 저 멀리 사라져가는 그들의 뒤꽁무니를 바라보면서 H는 이번 주말엔 꼭 자동차 매매 계약서에 도장을 찍어야겠다고 새삼스레 다짐했다.

마이카족族의 대열에 합류하겠다는 H의 결심을 가장 반긴 사람은 다름 아닌 그의 여자 친구였다.

"그동안 내가 말을 안 해서 그렇지. 사실 좀 짜증났었어."

그녀가 고백했다.

"남들은 다 차 타고 데이트하는데 나만 이게 뭔가 싶어서. 솔직히 지난겨울 추위도 너무 추웠잖아?"

여자 친구는 그의 예상보다 훨씬 더 기뻐했다.

"우리 앞으로는 어디라도 갈 수 있겠다. 새벽에 갑자기 바다 보고 싶으면 휙 날아가면 되고, 자동차 전용 극장에 편히 누워서 영화도 볼 수 있잖아."

여자 친구가 직접 색상을 선택한 H의 자동차는, 그렇지만 약속한 출고 예정일이 2주 이상 지나도록 배달되지 않았다. 계약할 때는 출고 일은 걱정 말라며 큰소리치던 영업 사원은 죄송하지만 어쩔 수 없다는 말만 되풀이했다. 워낙 인기 차종에 인기 컬러라서 그렇다는 하나마나 한 변명도 잊지 않았다. 별수 없는 일이었다. 적당한 기다림은 갈망을 더 애틋하고 달콤하게 만드나 보았다. 거리에서 그 차종의 자동차를 마주칠 때면 고백할 타이밍을 놓쳐 영원히 놓쳐버린 첫사랑을 만난 듯 H의 심장은 고동쳤다.

마침내 새 차가 출고된 건 목련이 활짝 피어난 봄날 저녁이었다. H는 편의점에서 소주 한 병을 샀다. 마음 같아서는 웃고 있는 돼지머리라도 가져다놓고 정식 고사를 지내고 싶었지만 아쉬운 대로 소주병을 따고 차의 앞바퀴와 뒷바퀴에 차례로 부었다.

"너도 절해!"

그는 옆에서 총총 눈을 빛내고 있는 여자 친구에게 이르고는 넙죽 땅바닥에 엎드렸다. 새 차는 작지만, 단단하고 야무지고 날렵했다. 온전히 자신만의 것이었다. 처음 느껴보는 종류의 뿌듯함이 가슴에 차올랐다. 여자 친구를 옆에 태우고 밤의 고속도로를 신나게 질주한 뒤 집 앞까지 데려다주었다. 시간은 어느새 자정에 가까웠다. H는 자신의 동네로 차를 몰았다.

그가 사는 곳은 다세대주택과 빌라들이 다닥다닥 붙은 서울 변두리의 전형적인 골목이었다. 그의 빌라 주차장은 이미 만원滿員이었다. 두 겹으로 세워진 자동차들 사이에는 세발자전거를 끼워 넣을 틈조차 없었다. 골목 어귀의 거주자 우선 주차 구역도 빽빽했다. 동네를 세 바퀴 뺑글뺑글 돌아도 빈 공간을 찾지 못했다. 네 바퀴째 뺑뺑이를 도는 H의 등짝은 식은땀으로 축축이 젖어들었다. 양쪽에 주차한 차들을 피해 아슬아슬한 골목을 간신히 빠져나와 보니 맞은편엔 헤드라이트도 끄지 않은 자동차가 버티고 서 있었다. 그는 질끈 눈을 감았다. 이것이 택시라면 조용히 내려버리면 될 일이었다. 그러나 이것은 택시가 아니었다. 그가 책임져야 할 그의 마이카였다. 소유격의 어마어마한 의미가 그의 어깨를 짓눌렀다. 그는 번쩍 눈을 떴다.

천신만고 끝에 빈자리를 발견했다. 집에서 한 정거장은 떨어진, 낮은 상가들이 늘어선 이면도로 한구석이었다. 차의 앞뒤를 족히 열 차례는 넣었다 뺐다 한 끝에 간신히 구겨 넣을 수 있었다. 입에서 단내가 났다. 한숨을 돌리고 차에서 내리려는데 누군가 차창을 톡톡 두드렸다.

"빼세요."

상가 건물 관리인이었다.

"여기 안 됩니다."

내일 아침 일찍 뺄 거라고, 몇 시간만 봐달라고 사정을 해보았으나 통하지 않았다.

"아저씨가 길에다 이름 써놓은 것도 아니잖아요? 무슨 권리로 막는 건데요?"

H는 항의했다. 늘 무르고 사람 좋다는 평판을 듣던 그였다.

"젊은 사람이 어디다 삿대질이야?"

"제가 틀린 말 했어요? 아저씨가 이 길 주인이에요? 아니잖

135

아요?"

목에 핏대가 서도록 소리 질러대는 자신이 낯설었다. 힘들게 찾아낸 유료 주차장 역시 사정은 같았다. 몇 대씩 겹쳐져 세워진 차들은 그 종류가 하도 다양해서 마치 자동차 브랜드의 전시장에 온 것 같은 인상이었다. 거의 울 것 같은 표정의 H를 향해 주차 관리원이 끌끌 혀를 찼다.

"여기 들어오려면 몇 달 전에 예약해야 돼요. 이름이랑 차 넘버 쓰고 가세요. 운 좋으면 두 달 안에 연락받을 수도 있어요."

그 사람이 진짜 하고 싶었던 말은 주차할 데도 없는 주제에 차를 왜 사니, 라는 건지도 모른다는 생각이 들었다.

그날 밤 결국 작은 차 한 대 편히 뉘일 공간을 찾아주지 못했다. 차를 대로변에 정차하곤 운전석 등받이를 뒤로 젖힌 채 잠을 청했다. 잠이 오지 않았다. 그는 억울했다. 억울해서 참을 수가 없었다. 이 세상의 모든 차들이 다 어딘가에 무사히 주차되어 있다는 게 믿기지 않았다.

H는 이를 악물고 결심했다. 내일 저녁에는 반드시 일찍 귀가하리라. 누구보다도 빨리, 가장 좋은 명당자리를 확보하리라.

그렇지 못하면 차라리 이사를 가버리리라. 지하 주차장이 널찍한 아파트에 어떻게든 입주하리라. 당장 은행에다 전세 대출을 알아보리라. 전쟁은 이미 시작되었고 그렇다면 승자 아니면 패자가 날 뿐이었다. 여기 발을 들인 이상 지지 않으리라. 결단코 그리리라.

아침에 깨어났을 때 맨 먼저 H의 눈에 들어온 건 앞 유리창에 붙은 주차 위반 경고 스티커였다. 귀하의 차량은 주정차 위반으로 도로교통법 제160조 제3항, 제161조 제1항의 규정에 의하여 과태료 부과 대상 차량입니다. H는 눈을 끔뻑이지도 않고서 그것을 물끄러미 바라보았다. 한참 후에 그의 눈썹이 아주 조금 꿈틀거렸다. 그는 조용히 몸을 일으켜 차 밖으로 나갔다. 힘껏 주차 위반 딱지를 떼어냈다. 그는 지금 이 시대의 용맹한 전사로 거듭나는 중이었다.

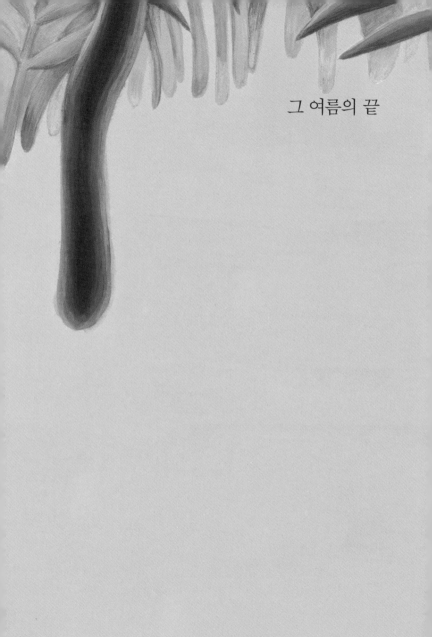

그 여름의 끝

우리들이 처음 만난 것은 오래전의 어느 여름날이었다. 그날 내가 Y와 입 맞추었던 것을 J가 아는지 모르는지, 나는 모른다.

　퇴근길, 습관적으로 우편함에 손을 집어넣었다. 흰색 사각봉투가 몇 통의 고지서와 함께 들어 있었다. 봉투의 겉면에는 컴퓨터의 궁서체로 내 주소가 정확하게 인쇄되어 있었다. 수신인을 밝히지 않은 광고성 편지들이 하루에도 여러 통 우편함에 들어 있기 마련이었다. 나는 아무 궁금증 없이 들고 들어온 우편물들을 거실 탁자 위에 던져놓았다.

　지난달치 가스 요금 고지서와, 지점을 옮기게 되었으니 앞으로도 많은 지도 편달 부탁드린다는 자동차 회사 영업 사원의 안내문을 건성으로 훑어본 다음 무심코 그 봉투로 눈을 돌렸다. 통과 반까지 정확하게 기입된 주소 밑으로, 받는 이의 이름이 적혀 있었다. 고하이갱 귀하. 나는 눈을 비볐다. 다시 보아도, 틀림없이, 그랬다. 겉봉에 적힌 내 이름은 고혜경이 아니라 '고하이갱'이었다. 봉투를 북 찢었다. 청첩장이 나왔다. 순백색에 삼단으로 접힌, 흔하디흔한 디자인이었다. 신랑 이름에 Y가, 신부 이름에 J가 있었다. 한참 동안 뚫어져라 바라보았지만 분명히 Y와 J가 맞았다. 1990년대가 한창일 때 알고 지냈던, 그리고 1990년대가 끝나기 전에 연락이 끊겼던, 그 Y와 J 말고 나는 한데 묶일 수 있는 다른 Y와 J를 알지 못했다.

물론 대한민국에는 Y라는 이름을 가진 남자와, J라는 이름을 가진 여자가 셀 수도 없을 만큼 많을 터였다. 그러나 그들이 나란히 같은 공간에, 그것도 청첩장의 지면에 신랑과 신부로 등장한다는 것은 확률적으로 매우 희박한 경우에 속할 것이다. 더구나 '고하이갱'을 알고 있는 Y와 J라면 말이다.

나는 궁금했다. Y와 J는 그동안 계속 만나왔던 것일까? 자신들의 결혼식에 나를 초대하겠다는 발상은 누가 먼저 한 것일까? Y? 아니면 J? 그들은 대화 속에서 여전히 나를 '고하이갱'

이라고 부르고 있는지도 모른다는 생각이 들었다. 아니, 어쩌면 그들은 아직도 내 진짜 이름을 모르고 있는지도 몰랐다. 그렇지만 무엇보다 궁금한 건 따로 있었다. 내가 오래전 살던 그 집에 여전히, 그때와 다름없는 형식으로 살고 있다는 사실을 그들은 어떻게 알았을까? 이런 세상에, 이런 사람이 있다는 것을.

Y를 생각하면 가장 먼저 떠오르는 것은 팬티다. 물론 Y의 팬티를 한 번도 직접 본 적은 없다. 보고 싶었다 해도 아마 보지 못했을 것이다. Y는 팬티를 입고 다니지 않는 아이였으니까.

얼마나 시원한지 몰라. 이제야 자연과 하나가 된 것 같아. 너희들도 벗어봐. 상상하지도 못했던 세상이 열릴걸.

곱상하고 반듯한 인상의 Y는 그런 말조차 조곤조곤 진지하게 했다.

네가 밀림의 왕자 타잔이냐, 왜, 벗는 김에 바지까지 벗고 다니지그래?

아무렇게나 한마디 툭 던져도 그 냉소의 기운으로 주위를 얼어붙게 만드는 사람이 있다. J가 그랬다.

야, 그건 바바리맨이야. 난 자연주의자일 뿐이지, 타인에게 혐오감을 주겠다는 게 아니라고. 하이갱, 너는 어떻게 생각해?

Y가 J 쪽이 아니라 내 쪽을 바라보았다. 그때 우리는, Y와 J와 하이갱은, 스물두 살이었다. 믿어지는가. 단지 태어난 해가 똑같다는 이유로 처음 보는 사람과 친구가 될 수 있는 나이. 그럴듯한 이유도 없이 급히 마신 술에 취해 자정의 대학로 골목 한 귀퉁이에서 부둥켜안고 울 수 있는 나이. 그러다 권태로워지면 어디로든 훌쩍 도망가버릴 수 있는 나이. 누가 도망가버렸다는 풍문을 들어도 아랑곳하지 않을 수 있는 나이. 무책임이 아직은 용서되는 나이. 그 스물두 살이 우리에게도 있었다. 그리고 한여름의 폭풍보다 빠른 속도로 지나갔다. 그때 Y의 질문에 내가 뭐라고 대답했는지는 기억나지 않는다. 그것이, 마흔 살에 회상하는 스물두 살의 진실이다. 비누 방울은 오래전에 터져버렸고, 서투른 입맞춤의 흔적은 아무 데도 남아 있지 않다.

우리가 가입했던 그 동호회의 약칭은 '토사모'였다. 정식 명칭은, 웃지 마시라. '토끼띠 사랑 모임'이었다. 동호회 명에 걸맞

게 1975년 토끼띠여야 한다는 것이 유일한 규칙이었을 뿐, 회원 가입의 다른 제약 조건은 없었다. 1975년생 토끼띠이며, 그 동호회가 소속되어 있는 PC통신의 ID가 있는 사람이라면 누구나 토사모인ㅅ이 될 수 있었다. 간혹 회원 가입 약관을 읽지 않은 1963년생 토끼띠가 가입 신청서를 내기도 했는데 그때마다 회원들의 비웃음을 샀다.

우리랑 띠동갑이면 지금 몇 살이지?

서른네 살이잖아. 열둘을 더하면.

와, 정말 놀랍다. 그 나이에 왜 이런 델 기웃거리는 거지?

뻔하지, 어린 애들이랑 한번 놀아보려는 거지.

그렇게 추하게 늙고 싶지는 않다.

스물두 살에게, 서른네 살이란 감히 상상도 하기 어려운 미지의 장소였다. 우리는 어떤 두려움도 없이 커다랗게 지껄여댔다. 토사모 회원 전용 채팅 룸이었으므로, 토사모 회원이 되지 못한 서른네 살 토끼띠 아저씨들은 아무도 우리의 지껄임을 듣지 못했을 것이다.

우리는 얼굴보다 먼저, 제각각의 PC통신 ID로 서로를 알았다. Y의 ID는 beginner였다. Y는 자유 게시판에 가입 인사를 남기면서, '나에게는 언제나 이 세상이 낯설기만 하다. 나는 늘 미숙한 초보자다. 어설프지만 새로운 친구들과 새로운 곳에서 새롭게 시작해보고 싶다. 나에게 용기를!'이라고 했다. J의 ID는 jwjwjw75였다. 자신의 이니셜과 태어난 해를 합친 것이었다. '모두들 반가워. 잘 지내보자.' J의 가입 인사는 그녀답게 심플했다. 그리고 나.

나는 gohigang이었다. 오랜 고민 끝에 지은 것이었다. go와 hi와 gang의 조합이었다. 고혜경이라는 진부하기 그지없는 내 이름도 그렇게 살짝 변형시켜놓으니 제법 그럴듯했다. 나는 내 ID가 마음에 들었다. Y나 J와는 달리 나는 가입 인사 같은 것은 쓰지 않았다. 토사모의 회원으로 가입한 것은 5월 무렵이었다. 그러나 두 달여 동안 그저 유령으로만 그곳을 들락거렸다. 게시판에 오르는 글들을 하나도 빠뜨리지 않고 다 읽었지만 글을 쓰지 않았던 이유는 분명치 않다. 어쩌면 겁이 났을지도 모른다. 그 늦봄의 나는, 그랬을지도 모른다.

벚꽃이 피고 지고 산마다 아카시아가 흐드러졌지만 나는 추웠고 겁에 질려 있었다. 3학년 1학기를 다니고 있던 대학은 서울 인근 도시에 위치해 있었다. 아침이면 강남역 뉴욕제과 앞에서 길게 줄을 서 스쿨버스를 탔다. 운이 좋으면 앉아 가기도 했지만 드문 일이었다. 내개는 1시간이 넘는 시간 동안 선 채 견뎌야 했다. 견뎌야 하는 일은 몇 가지 더 있었다.

학교에서는 점심을 먹지 않았다. 학생 식당엘 가면 다들 나를 가리키며 수군거리는 것 같았다. 함께 밥을 먹을 사람도 없었다. 지지리도 운이 없는 날에는 옛 남자 친구가 1학년짜리 여자 후배의 어깨를 감싸고 걷는 모습과 정면으로 마주치기도 했다. 입학 때부터 샴쌍둥이처럼 나와 꼭 붙어 다니던, 과 동기이자 친구이자 전 애인이었다. 그는 나를 보고 "하이, 혜경!"이라고 인사했다. 그러면서 뺨에 젖살이 포동포동한 새 여자 친구의 어깨에 둘렀던 팔을 슬며시 내려놓았다. 제 딴에는 최소한의 예의를 지키고 있다고 생각하는 눈치였다. 꼭 안 그래도 되었는데, 그때 나는 그의 인사를 받아주었다. "안녕"이라고 대꾸하고 나면 혀뿌리가 썼다. 그해 봄과 여름의 경계에서 내가 춥고 겁에 질려 있었다면, 춥고 겁에 질린 사람이 오직 나 하나뿐인 줄 알았기 때문일 것이다.

처음에는 멀리서 바라보기만 할 셈이었다. 온라인에서 서로의 삶과 고민과 비밀을 스스럼없이 주고받는 동갑의 아이들이 어떻게 생겼는지를 그저 한발 떨어진 자리에서 살짝 훔쳐보려고만 했었다. 그날 토사모의 번개 장소는 대학로의 '켄터키 프라이드 치킨'이었다. 지금은 누구나 KFC라고 부르는 그곳, 맞다. 나는 약속 시간 20분 전부터 1층의 창가 툴에 자리를 잡고 앉았다. 빨대로 콜라를 쪽쪽 빨아 먹으면서 밖을 내다보았다. 시곗바늘이 6시를 향해 가는 동안 머뭇머뭇, 예상보다 더 빠른 리듬으로 가슴이 뛰기 시작했다.

저, 혹시, 오늘 여기서 열리는, 무슨 모임에, 참석하러 오지, 않으셨나요?

빨간색 폴로셔츠의 깃을 세워 입은 남자아이가 쭈뼛대며 말을 걸어왔을 때 나도 모르게 "네"라고 대답해버렸다. 그의 얼굴이 환해졌다. 그가 Y였다. Y가 거침없이 "토사모 회원이죠?"라고 물어왔다면 나는 단호히 고개를 저었을 것이다. Y와 나는 켄터키 프라이드 치킨의 1층 툴에 나란히 앉아서 다음 회원을 기다렸다.

오이지처럼 깡마르고 길쭉한 여자아이가 유리문을 밀고 들어왔다. 망설이지도 않고 그녀는, 나와 Y의 자리로 성큼성큼 걸어왔다.

반갑다, 내가 jwjwjw75야.

그녀가 J였다. Y와 나와 J는 켄터키 프라이드 치킨의 1층 툴에 나란히 앉아서 다음에 문을 밀고 들어올 새 얼굴을 기다렸다. 30여 분이 지나도록 네 번째 회원은 등장하지 않았다. 내가 그러려고 했던 것처럼 네 번째 회원은 멀찍이서 우리 셋을 쓱 훔쳐본 다음 슬그머니 뒤돌아 사라져버렸는지도 모르겠다는 생각이 들었다. 저 바보들은 뭐지? 역시 굉장히 어색한 분위기로군. 어쨌든 토끼띠가 분명할 네 번째 회원은 그렇게 중얼거렸을까? J의 결단이 가장 빨랐다.

아무도 안 올 건가 봐. 그냥 우리끼리 옮기자.

J를 따라 일어서려는데 Y가 만류했다.

그래도 좀 더 기다려보는 게 낫지 않나, 기껏 왔는데 아무도 없으면 실망스러울 것 같아요.

Y가 반말과 높임말이 어색하게 섞인 말투로 제의했다. 나는 엉거주춤 다시 자리에 앉았다. J는 강경했다.

무슨 소리야? 약속 시간이 한참 지났잖아, 더 안 온다니까.

아니, 그래도 조금 더 기다려봐요, 사람끼리 정이라는 게 있지.

가벼운 실랑이가 벌어졌다. 그 Y와 J의 가운데에서 나는 막연하고 깊은 친밀감을 느꼈다. 신기한 일이었다.

아직도 그런 명칭의 술집이 존재하는지는 모르겠지만 우리는 근처의 소주방에 갔다. 계단을 한참 내려가야 하는 지하였다. 레몬소주에서는 싸구려 레몬주스 향과 실험용 알코올 냄새가 뒤섞여 풍겼고 낡은 뚝배기에 담긴 알탕은 맵고 짰지만, 스물두 살의 아이들에게 그런 건 별로 중요한 문제는 아니었다. Y와 J는 주로 나를 보고 얘기했다. 아까 초면부터 실랑이를 벌였던 앙금이 완전히 사라지지 않은 듯했다. 그렇지만 술이 몇 잔 더 돌면서 분위기도 변해갔다. 맛없는 레몬소주를 두 병째 주문했을 때 우리는 오랜만에 모인 동네 친구들처럼 허물없이 가까워져 있었다.

삼수까지 하다가 때려치웠어. 공부 같은 것은 다시는 하지 않겠어. 군대 가기 전까지. 내가 정말 좋아하는 것들만 하고 실기에도 시간이 모자라는걸.

Y는 어느새 자연스러운 반말을 쓰고 있었지만 자신이 '정말 좋아하는 것'이 무엇인지는 말하지 않았다. J는 사립 여자대학의 약대생이었다.

나는 우리나라가 너무너무 싫어. 아무 데서나 마구 침 뱉어대는 아저씨들, 하는 거라곤 남의 뒷얘기밖에 없는 아줌마들. 너흰 그런 게 안 지겨워? 난 어른이 되면 돈 모아서 꼭 여기를 뜨고야 말 거야.

야, 너 이미 어른이거든. 우리 어른이거든.

J가 퉁을 주었다. 나는 뭐라고 대꾸했던가. J의 말이 새삼스럽다는 듯 고개를 열심히 끄덕였던 것만 같다. 나는 또 무엇을 과장해 중얼거렸던가.

내가 화나는 건 질투 때문이 아니야. 그렇게 단순하지 않다고. 걔랑 나랑은 보통 남녀 관계와는 다른 무언가를 가지고 있는 줄 알았어. 우린 달랐어. 그런데 어떻게 나한테 이럴 수가 있니. 이래서는 안 되는 거잖아. 인간이라면 타인의 자존감을 이렇게 무참하게 짓밟을 수는 없는 거야.

나는 내가 무슨 말을 하는지나 알고 있었을까? 그러고 보니 우리는 제각각 자기의 이야기만을 했다. 그렇지만 그것이 우리를 즐겁게 만들어주었다. 생면부지이던 우리는, 막역한 친구 사이가 되어 지하 술집을 나왔다.

한밤의 대학로 골목은 미로처럼 구불구불했다. Y와 J와 나는 이어진 길을 따라 무작정 걸었다. 막다른 모퉁이에서 갑자기 J가 주저앉았다. 그리고 1960년대 유럽 영화의 한 장면처럼 갑자기 흐느끼기 시작했다. 아무런 맥락도 없었다.

이런 게 아니야, 이런 게 아니었어.

부정확한 발음으로 J는 연신 중얼거렸다. Y와 나는 울고 있는 J 옆에 가만히 쪼그리고 앉았다. 할 수 있는 다른 일을 몰랐다. 사방은 깜깜하고 어디선가 희미한 바람이 부는 것도 같았다. 한참을 쪼그리고 있자니 다리가 저려왔다. 나는 힐끔 Y를 보았다. 고개를 수그리고 있어 잘 알아볼 수는 없었지만 그의 어깨도 5초에 한 번꼴로 들썩이는 듯했다. Y도 J처럼 우는 걸까. 다행이었다. 그래서 나도 마음 놓고 J와 Y를 따라 울 수 있었다.

여기기 어디지?

제일 먼저 주저앉았던 J가 제일 먼저 울음을 그쳤다.

글쎄. 어디지?

나와 Y도 슬며시 몸을 일으켰다. 우리는 J를 양쪽에서 부축하며 큰길로 걸어 나왔다. 큰길은 생각보다 가까웠다.

J야, 너 집이 어디야?

마포, 우리 집은 마포야.

Y가 택시를 잡았다. 그는 뒷좌석에 J를 밀어 넣고 나서 호주머니를 뒤졌다. 천 원짜리 두어 장을 주섬주섬 꺼냈다. 나도 얼른 지갑을 열어 내 몫의 차비를 뺀 나머지를 J의 손에 쥐여주었다. J가 활짝 웃으며 우리에게 손을 흔들었다. 방금 전 우리가 건네준 지폐 몇 장이 같이 흔들렸다. 내가 탈 택시의 뒷문을 열어주면서, Y가 내 입술에 입을 맞추었다. 아주 짧은 동안이었다. Y의 입술에서는 아무 맛도 느껴지지 않았다. 그저 순하고

따뜻했다.

그 뒤 나와 Y와 J는 토사모의 오프라인 번개를 통해 자주 만났다. 그날의 입맞춤에 대하여 Y와 얘기를 나눠본 적은 없었다. 그날의 울음에 대하여서도 마찬가지였다. Y와 나의 관계는 친한 친구로 정리되었다. J와 나의 관계가 그랬던 것처럼. 그렇게 몇 개월이 흐르는 동안 여러 가지 일들이 있었지만, 지나고 보니 하나같이 명확히 기억나지 않는 것들뿐이다. 불쑥 해병대에 입대해버린 Y 때문인지, 그 무렵 영국으로 어학연수를 떠나버린 J 때문인지는 모르지만 얼마 지나지 않아 우리들은 구태여 서로 연락을 하지 않는 사이가 되어버렸다. 쉽게 가까워진 만큼 쉽게 멀어져가는 것이 좀 쑥스러워서 더 서먹해졌는지도 모른다.

그리고 시간이 흘렀다. 나는 대학을 졸업하고 취직을 하고 하루하루 살아갔다. 이십 대 중반과 후반, 그리고 삼십 대 초반은 누구에게나 몹시 분주한 기간이다. Y와 J에 대해 떠올릴 틈은 거의 나지 않았다. 아주 가끔, 그러니까 몇 해에 한 번씩 대학로에서 늦게 택시를 잡는 순간 등줄기를 찌르르 타고 오르는 고요한 전율을 느끼기도 했지만, 나이가 들수록 그렇게 멀리까지 나가 술을 먹는 일이 없어졌다.

나는 Y와 J의 청첩장을 아주 오랫동안 들여다보고 있다. 그들은 청첩장 귀퉁이에 메모 한 줄 남기지 않았다. 전화번호나 이메일 주소도 없다. 바보들, 왜 아무것도 남기지 않은 거야? 계좌번호라도 적어두었다면 인터넷뱅킹으로 축의금을 보내주었을 텐데. 전화번호라도 적어두었다면, 참석하지 못해 미안하고 결혼을 진심으로 축하한다, 라는 문자메시지라도 보낼 수 있었을 텐데. 그들의 결혼식 날 아침까지도 나는 투덜거렸다. 토요일 한낮, 나는 내가 가진 가장 깔끔한 정장을 입고 그들의 결혼식장으로 갔다.

평범한 예식장이었다. 가슴에 큼지막한 부토니아를 단 채 로비에 서서 하객을 맞고 있는 퉁퉁하고 뿌연 저 남자가 Y인가. 알 수 없었다. 그에게 다가가 악수를 청하려다 나는 발길을 돌렸다. 신부 대기실을 슬쩍 들여다보았다. 쇄골을 드러낸 웨딩드레스를 입고 다소곳하게 앉아 있는 저 여자가 J인가. 확신할 수 없었다.

나는 핸드백을 열어 '축 결혼'이라는 금박 글씨가 박힌 흰 봉투를 두 장 꺼냈다. 그리고 그 속에 각각 오만 원씩을 넣었다. 봉투 뒷면에 '고하이갱'이라고 적을까도 잠시 생각했지만 그냥 내 이름 '고혜경'을 또박또박 썼다.

밖으로 나오니, 여름 한낮의 태양이 이글이글 타오르고 있었다. 이마가 뜨거웠다. 우리들이 처음 만난 것은 18년 전의 어느 여름날이었다. 나의 여름이, 장난처럼 끝났다는 것을 비로소 알았다. 영영 돌아오지 않을 여름이었다.

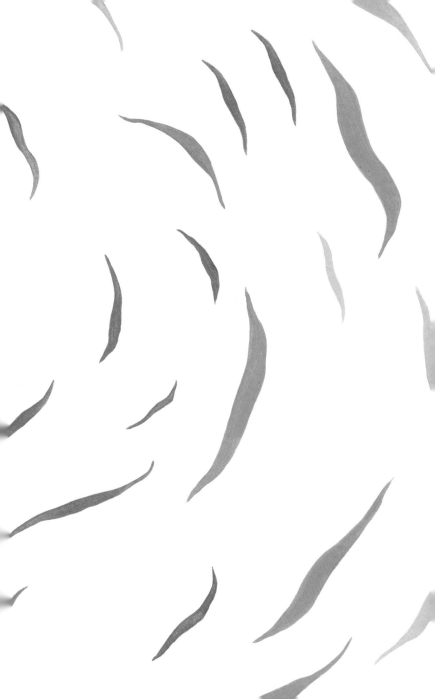

별

처음부터 별은 아니었다.

"모기 물린 거네."

동거녀가 서슴없이 단정 지었을 만큼 그 시작은 수줍은 뾰루지에 가까웠다. 항문에서 2, 3센티미터 떨어져 있을까 말까 한 위치였다. 남자는 한 손으로 머리를 긁적이면서 다른 한 손을 오른쪽 엉덩이에 갖다 대고 물파스를 발랐다.

"좀 발라주면 안 되냐?"

돌아누운 여자의 등에다 대고 들릴락 말락 웅얼거렸을 뿐, 남자는 바지를 추어올리고 이내 집을 나섰다. 벌레 물린 엉덩이 피부에 대해 진지한 고민을 하기엔 그는 너무도 바쁜 사람이었다. 남자는 서울 시민의 발, 하루 12시간 맞교대로 일하는 택시 드라이버였다.

이게 직업이 될 줄은 몰랐다. 겁 없이 벌였던 작은 사업이 맥없이 망한 뒤 아르바이트 삼아 시작한 일이었다. 신림동에서 서울역으로, 미포에서 상계동으로, 역삼동에서 광화문으로 서울 시내와 언저리를 뱅글뱅글 도는 사이 3년이 지났다. 그새 서른다섯이 넘었다. 마이너스 통장은 변한 게 없었지만 근근이일지라도 한 달 한 달 살아졌다. 어떻게든 살아진다는 건 만만찮은 일임을 이제 그는 잘 알았다.

"오줌 참고 밥 굶고…… 언제까지 이 짓을 해야 하나."

취한 밤이면 주정 삼아 푸념을 늘어놓아도 다음 날 교대 시간 전에 어김없이 눈이 떠졌다. 엉덩이에 뾰루지 좀 돋았다고 일을 쉴 수는 없었다. 운이 나쁜 날은 아니었다. 용산에서 탄 손님은 일산에서 내렸고, 일산에서 콜을 받아 바로 망원동으로 넘어왔다. 슬슬 교대 시간이 가까워져갔다. 망원동 손님은 동대문으로 갔고, 동대문에서 탄 손님은 한남사거리에서 내렸다. 갈림길에서 남자는 망설였다. 이 시간에 한남대교를 넘어 강남으로 들어가면 오도 가도 못하게 될지도 몰랐다. 오도 가도 못하게 되는 상황은 그가 가장 두려워하는 것이었다. 유턴 신호를 받기 위해 깜빡이를 넣는 바로 그 순간, 그는 자신의 몸에 심상찮은 일이 일어났음을 직감했다.

양손으로 핸들을 꽉 부여잡았을 뿐, 남자는 신음 소리도 내지 못했다. 오른쪽 엉덩이의 뾰루지가 이스트를 투여한 밀가루 반죽처럼 맹렬히 부풀어 오르고 있었다.

"아, 기사 양반이 이걸 몰라요?"

대머리 약사는, 직업병이라고 말했다.

"종기예요."

약사는 단언했다. 더위 탓이라는 거였다.

"운전석에 왕골 방석 안 깔아놨지요?"

"예, 글쎄…… 뭐가 깔려 있는 거 같기는 한데……."

"쯧. 당분간 돼지고기 먹지 말아요. 너무 힘줘서 앉지 말고 한 며칠 진득하니 참아봐요."

약사는 바르는 연고와 한방 밴드를 남자의 손에 쥐여주었다.

"지가 알아서 터질 때까지 기다려야 돼요, 무조건."

약사가 그의 뒤통수에 대고 강조했다. 남자는 가까운 기사
식당 화장실로 갔다. 어기적어기적 간신히 기어들어갔다. 문을
꼭 걸어 잠그고서 골반을 엉거주춤 뒤로 뺐다. 엉덩이에 조심
스레 손가락을 뻗어보았다. 종기로 판명된 문제의 그것을 검지
끝으로 살그머니 쓰다듬었다. 봉긋 솟아오른 무엇인가가 느껴
졌다. 딱딱했다. 가운데 동그란 뿌리가 만져졌고 사방의 테두리
는 뾰족하게 밖으로 뻗어 나가는 모양을 하고 있는 듯했다. 이
상한 호기심에 사로잡혀 그는 환부를 살그머니 눌러보았다. 스
멀스멀하면서도, 화끈화끈하면서도, 바늘 끝으로 찌르는 것 같
은 날카로운 통증이 엄습해왔다. 무릎에 팬티를 걸친 자세로
남자는 오도 가도 하지 못했다.

다음 날 아침 남자를 깨운 것은 동거녀의 비명이었다. 여자
가 그의 엉덩이에 제 화장 거울을 대주었다. 남자는 눈을 비비
며 거울을 들여다보았다. 거울 속에 별이 있었다. 잠이 덜 깼
나? 그는 다시 한 번 눈두덩을 비볐다. 꿈일지도 모른다. 또 한
번 세게 비볐다. 꿈이 아니었다.

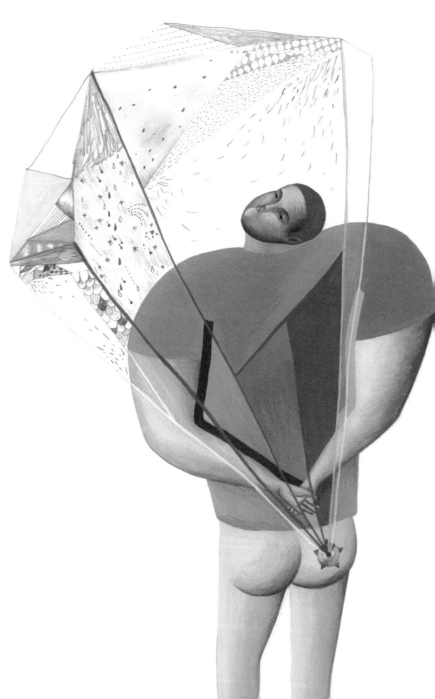

밴드 너머로 불룩 비어져 나온 종기는 밤새 한 뼘 더 자라 마요네즈 뚜껑만한 크기가 되어 있었다. 불그뎅뎅한 표면은 금세라도 폭발할 듯 팽팽히 성이 났다. 그리고 그것은 다섯 개의 꼭짓점을 가진 선명한 별 모양으로 변해 있었다.

"어머 별일이 다 있네. 이러다 정말 종기가 엉덩이를 먹어버리겠어."

여자가 감탄인지 걱정인지 모를 말을 뱉었다.

가장 큰 문제는 앉을 수 없다는 것이었다. 택시 기사가 앉을 수 없다니, 목소리를 잃은 가수, 발목이 부러진 마라토너만큼이나 난감하고 치명적인 일이었다. 엉덩이와 바닥이 접촉하려는 찰나 남자는 본능적인 비명을 질렀다. 한 달에 26일 만근滿勤을 채우지 못하면 쥐꼬리만한 월급이 까인다. 철든 후 처음으로 그는 두 발로 병원을 찾아갔다. 피부과 대기실에는 백옥 같은 피부의 젊은 여자들로 가득했다.

30분 넘게 기다려서야 의사를 만날 수 있었다. 의사는 금테 안경을 쓴 모범생 타입이었다.

"앱세스abscess군요."

"에?"

"말하자면 백혈구들의 무덤입니다. 몸 안에 침투한 세균과 싸우다 전사한 백혈구가 쌓이고 쌓여서 결국 이렇게 되는 거죠."

"백혈구……."

"흔히, 종기라고 부르기도 합니다."

"미치겠어요. 아파서 운전대도 못 잡겠지, 속옷만 입어도 거치적거리지, 온 신경이 다 엉덩이로 쏠려서."

의사는 남자의 하소연을 중간에 자르지는 않았으나 성의 있는 눈빛을 띠지도 않았다. 그러기에 그는 너무 바빠 보였다. 그러고 보면 이 도시 곳곳에는 너무도 바쁜 사람들 천지였다. 남자는 힘없이 중얼거렸다.

"도대체 왜 이런 거죠?"

"현재로선 확실한 원인 규명은 어렵습니다. 아무래도 더운 여름에 비위생적인 생활을 하면."

"저는 땀도 별로 안 흘리고 하루 한 번 꼭 씻는데요."

남자는 자신 없게 대꾸했다. 의사도 자신 없게 말했다.

"뭐 스트레스나 과로, 음주 때문일 수도 있으니까요."

스트레스, 과로, 음주라면 부정할 수 없는 요인들이었다.

"……어쨌든 좀 살려주세요."

"일단 항생제 처방해드릴 테니까 며칠 뒤에 다시 오세요."

"며칠이요?"

"네. 지금으로선 이게 제가 해드릴 수 있는 전붑니다. 완전히 곪은 후에 다시 오세요. 절개 여부는 그때 결정합시다."

그는 어기적거리는 걸음으로 다시 백옥 같은 피부의 미녀들 사이를 통과하여 그곳을 빠져나왔다. 회사로 들어간 건 며칠 못 나올 것 같다고 통보하기 위해서였다. 그의 사정을 듣던 동료 기사들은 하나같이 너털웃음을 터뜨렸다.

"왕년에 거기 종기 한번 안 나본 사람이 어디 있어? 자네가 드디어 진짜 드라이버가 돼간다는 증거라고."

"그래. 나도 몇 년 전에 크게 고생했잖아. 병원 가봐야 다 헛짓이야. 딴 거 소용없고 당장 경동시장 가서 토란이랑 죽염을 사라고. 토란을 구워서 말이야, 믹서기에 잘 간 다음 죽염을 섞어 바르면 바로 효과 볼 거야."

나도 그런 적 있어. 누군들 안 그렇겠어? 다들 한 번쯤은 그래봤을 거야. 첫사랑과의 이별이나 창녀에게서 얻은 성병에 대해 말하는 것처럼 중년 사내들은 쉽고도 쉽게 떠들었다. 그때는 너무 힘들었지. 그런데 지나고 나니까 괜찮아. 종기가 터지고 나면 그때부터 멀쩡해진다니까. 몰랐단 말이야? 사는 게 원래 그렇잖아? 말들과 말들 사이에서 종기는 한 번 더 풀쩍 부풀었다.

남자의 별은 매일매일 쑥쑥 컸다. 커지기만 했다. 열흘이 지나고 한 달이 지나도 마찬가지였다. 그것은 완전히 곪지도, 제풀에 터지지도 않았다. 남자의 병가가 길어졌다. 남자는 방바닥에 엎드려 종일을 보냈다. 앉을 수도 누울 수도 없었다. 밥은 선 채로 먹었고 바지는커녕 팬티를 입을 엄두도 내지 못했다. 동거녀가 구해다 준 통 넓은 고무줄 치마로 하체를 가렸다. 토란과 죽염, 마麻와 생강, 항생제와 소염제. 그 어떤 세속의 비법도 그를 고통의 나락에서 건져내지 못했다. 최소 근무일을 채우지 못했다며 회사에서 통첩이 온 날, 그는 천근 같은 몸을 겨우 일으켰다. 별은 오른쪽 엉덩이의 절반을 덮을 만큼 융성했다.

첫 번째 승객은 시국에 대해 불만이 많았다.

"이놈의 나라가 어찌 되려고 이 모양인지. 아 기사님, 내 말이 틀립니까. 아 이 양반 대답이 없네. 사람이 말을 하면, 기다 아니다 대구를 해야지. 사람 말이 같잖다는 거야?"

두 번째 승객은 명동부터 이태원까지 한시도 핸드폰을 내려놓지 않았다.

"그래. 글쎄 어제 그게 그렇게 됐다니까. 그 인간이 아무래도 배신하고 도망갈 것 같아. 하긴 어머니가 워낙 반대를 해야 말이지. 가진 건 쥐뿔도 없으면서 반대가 가당하니? 개천의 용이 문제야 아무튼. 아니 아니, MBC가 아니고 지금 SBS 아침 드라마 얘기하는 거잖아."

세 번째 승객은 젊은 남녀였다.

"그래서 그놈한테 왜 웃었는데? 둘이 무슨 사이야?"

"오빠 미쳤어?"

"너희들 계속 수상했어. 좋은 말로 할 때 빨리 불어."

"아니라니까."

"그럼 설명을 해보라니까!"

"아 미쳤어. 진짜."

"그래, 나 미쳤다. 미쳤어. 네가 이렇게 만들었잖아!"

"흥, 웃겨."

"이게 코웃음을 쳐? 어디 오늘 너 죽고 나 죽어볼래?"

"아악. 쳤어?"

"그래. 쳤다!"

"좋아, 아주 오늘 끝장을 보자!"

끝장을 보자. 보자, 보자, 보자……. 뒷좌석의 남녀는 어느새 난투극을 벌이고 있었다. 남자는 이젠 더 참을 수 없다고 생각했다. 오른쪽 엉덩이로 온몸의 피가 한꺼번에 밀려들었다. 창밖으로 한강의 검푸른 물결이 넘실댔다.

차가 공중으로 붕 날아오르려는 찰나, 그는 죽을힘을 다해 브레이크를 밟았다. 어떤 별은 지상에서 너무 멀었다. 그날 밤, 서울의 밤하늘에는 몇 개의 흐린 별들만 깜빡깜빡 졸고 있었다.

안녕이라는 말 대신

1

    야근이었어. 7시에 저녁을 먹으러 내려갔지. 매일 가는 사무실 지하의 밥집으로 말이야. 나는 된장찌개와 해물순두부를 놓고 고민했어. 진미식당의 된장찌개는 좀 짜긴 했지만 제법 구수하고, 해물순두부는 아주 신선하지는 않았지만 뒷맛이 그럭저럭 시원한 편이거든.

    내가 망설이는 기미를 보이자 강이 또 시작이냐며 웃었어. 강에 대해서 내가 얘기한 적 있었지? 우연히 다시 만난 첫사랑과 막 결혼식을 올렸다는 우리 팀 대리 말이야. 그의 아이가 지난주에 벌써 두 돌이 지났어. 타인의 시간은 정말이지 빠르다.

그렇지?

"과장님 뭐가 그렇게 항상 심각하십니까. 하루에 세 번이나 먹는 밥, 이번엔 아무거나 먹으면 어때서요."

강이 밀하자, 또 다른 직원 박이 기다렸다는 듯 거들었지.

"그러게 말입니다. 이번엔 된장 드시고 내일 점심에 순두부 드시죠, 뭐."

그들에게 쓱 미소 지어 보였지만 그래도 나는 고민을 멈추지 않았어. 박도 강도 착한 친구들이지만, 너는 알지? 나는 한 끼 메뉴를 결정할 때도 어려워 절절매는 사람이란 걸. 중요하지 않은 결정이니 서두르라고 채근하는 이들 앞에서는 도통 마음이 편해질 수 없다는 걸. 이런 성격을 네가 오랫동안 얼마나 참아왔는지 알고 있어.

나는 벽에 붙은 차림표를 다시 한 번 찬찬히 훑어보았어. 김치찌개, 된장찌개, 동태찌개, 해물순두부, 카레라이스, 오므라이스, 칼국수, 잡탕밥, 돈가스, 비빔냉면, 열무냉면, 돌솥비빔밥. 머릿속이 뒤죽박죽 뒤엉키는 것 같았어. 낡은 오피스 빌딩들이 대개 그렇듯 지하 식당가의 수준은 조악했어. 배달을 전문으로 하는 중국 음식점, 싸구려 도시락 체인점 말고는 한식 전문이라는 이름으로 이렇게 온갖 잡다한 메뉴들을 죄다 취급하는 작은 밥집들뿐이지. 너라면 어쩌다 우연히라도 들르지 않을 곳이야. 너는 메뉴판 앞에서 머리를 싸매고 고뇌에 빠지는 대신 아예 처음부터 적당한 식당이나 찻집을 찾아내지. 그런 건 타고나거나 아주 어린 시절부터 몸에 배어야만 하는 감각일 거야. 그런 걸 취향이라고 부르는지도 모르겠다. 언젠가 네가 골라준 스파게티가 참 맛있다고 내가 감탄한 적이 있었지? 너는 뭐랬더라. 이 정도면 내 재능 괜찮지, 라고 으쓱댔던가. 아니면, 내가 맛있는 집은 귀신같이 알지, 라고 싱긋거렸던가.

내가 이 퀴퀴한 냄새 밴 지하 공간에서 비워버린 공깃밥 개수가 몇 개나 될까 잠깐 동안 헤아려봤어. 쓸데없는 짓인 줄 알면서도 말이야. 때마다 이토록 오래 주저하지만 결국 내가 선택하는 메뉴란 늘 빤하지. 진미식당에서도 시켜본 적 없는 음식이 시켜본 적 있는 것보다 훨씬 많을 거야. 이유는 간단해. 미지의 세계는 위험하니까. 열무냉면 국물은 너무 시어 꼬부라졌을지도 모르고, 돈가스는 1년 동안 한 번도 교환하지 않은

산패된 기름으로 튀겨졌을지도 모르잖아. 또 김치볶음밥 속의 김치는 다른 손님상에서 남겨진 것을 재활용해 볶았을 확률이 높다는 건 널리 알려져 있지. 특별히 비양심적인 식당이라서가 아니야. 무슨 대단한 장인정신을 바라는 것도 아니야. 내가 원하는 건 단지, 찜찜한 느낌이 드는 음식을 시키지 않을 만큼의 권리가 내게 있었으면 하는 것뿐이라면 이상하게 들리려나? 오빠는 아무튼, 이라고 너는 말끝을 흐릴 것만 같다.

"주문 안 하실 거예요?"

아주머니가 본격적으로 재촉했어.

"우리는 동태찌개로 통일이니까 과장님만 정하시면 돼요."

강과 박의 표정도 조금은 짜증스러워졌지. 설마 그들은 오천 원짜리 동태찌개 백반이 제대로 된 재료로 만들어지리라고 믿는 걸까. 그렇지는 않겠지. 하지만 그런 것쯤 아무려면 어떠냐고 생각하는 거겠지. 내 전화기가 울린 건 그때였어. 처음 보는 번호였어. 한 손으로 전화기를 집으면서 나도 모르게 이렇게 얘기하고 말았지.

"나도 같은 걸로."

전화 속 상대방은 여자였어.

"이형구 씨 되시지요?"

여자는 사근사근한 목소리로 다짜고짜 내 이름을 확인했지.

"예, 그런데요."

"여기는 글로벌 국제 웨딩 컴퍼니라고 합니다."

"네?"

"김영식 씨 소개받고 연락드렸습니다. 말씀 못 들으셨나요?"

"아, 제가 나중에 연락드리겠습니다."

황황히 종료 버튼을 눌렀어. 전화를 끊고서 나는 애꿎은 물만 벌컥벌컥 들이켰지. 진미식당의 동태찌개가 어땠느냐고? 생선을 잠시 담갔다 뺀 맹탕 국물에 고춧가루를 잔뜩 푼 야릇하고 괴이쩍은 맛이었어. 강과 박처럼 나도 맛있다는 말도 맛없다는 말도 하지 않고 찌개 국물에 만 밥을 퍽퍽 퍼먹었지. 마치 인생의 맛이라는 듯이.

내 친구 영식이 얼마 전 결혼을 했다는 사실을 넌 모르지. 아마 우리가 여전히 함께 있다 해도 나는 너에게 영식의 상황에 대해 솔직히 말하지 못했을 거야. 여섯 살짜리 애 딸린 이혼남이 금발의 어린 아가씨와 재혼했다는 소식을 들으면 네 눈빛이 어떻게 변할지 충분히 예상할 수 있으니. 게다가 그 친구가 자신이 이용했던 국제결혼 업체에 나를 소개한 사실까지 알게 되면 어떨까? 너는 부끄럽다 할지 몰라. 몇 차례나 헤어졌다 만나기를 지리멸렬하게 반복하며 우리가 공유했던 기나긴 시간마저 후회하려 들겠지.

지난주 영식의 집들이가 있었어. 영식은 행복해 보였어. 그의 어린 아내 역시 내내 생글거렸지. 금발이기는 했지만 그녀는 텔레비전에서만 보던 조각 같은 미녀가 아니었어. 토실토실하고 복스럽고 착한 인상이었지. 자리가 파할 무렵 영식이 내게 다가와 말했어.

"나 요새 좋다, 아주."

"응. 좋아 보인다. 축하해."

"너도 빨리 좋은 사람 만나야지."

의례상 하는 인사만은 아니었어. 나는 멋쩍은 웃음으로 상황을 무마하려 했지. 영식이 꽤 진지하게 국제결혼 회사의 이름을 알려주었을 때 기분이 나쁘지는 않았어. 고맙지도 않았어. 그건 뭐랄까, 버스에 앉아 멀거니 졸다가 갑자기 차가 고장났으니 얼른 내리라는 통보를 받는 것과 비슷한 기분이었지.

이 나이에 이르도록 미혼으로 있다 보면 나를 바라보는 여러 가지 시선들과 맞닥뜨리게 되지. 어설픈 호기심의 시선도 있고 대놓고 불쌍하게 여기는 시선도 많아. 나는 대개 뒷머리를 긁적이는 포즈를 취하곤 해. 그러게 말입니다. 어쩌다 보니, 라고 대꾸하는 것밖에는 몰라. 무엇보다 그건 사실이니까. 전부가 아닌 일부라고 해서 사실이 아닌 건 아니잖아. 물론 이런 다큐멘터리성 대답을 하면 상대가 어떻게 나올지 궁금하기는 해.

"오랫동안 만나던 사랑하는 사람과 헤어졌습니다. 그다음에 여러 번 맞선을 보기도 하고 이런저런 노력을 해보려고 했지만 잘되지 않았습니다."

영식의 신혼집을 나와, 나의 집으로 돌아가는 길 어쩌면 거의 처음으로 '국제결혼'이라는 것에 대해 생각해보았어. 언젠가 전철역 앞에 커다랗게 붙은 현수막을 보며 멍해졌던 기억도 떠올랐지. 〈순수하고 예쁜 필리핀, 베트남, 몽골 여성 다수 보유〉

내 신경을 거스른 건 '보유'라는 단어였을 거야. 현금 다량 보유 나 신제품 다량 보유 같은 뉘앙스라면 몰라도, 그것이 인간에 게 적용할 수 있는 단어인 줄은 몰랐거든.

집에 와서 영식이 알려준 국제결혼 회사의 인터넷 사이트에 들어가 보았어. 양심적으로 운영되는, 믿을 만한 업체라고 했 지. 다른 마음은 없었어. 그냥 중고차 매매 사이트에 접속하듯 쓱 훑어보고 나오려고 했어. 그런 곳에 들어가 본 건 처음이야. 상대 여성의 프로필이 국가별로 분류되어 있었어. 필리핀, 베트 남, 몽골, 캄보디아, 중국, 우즈베키스탄, 러시아. 원하는 국가를 클릭하면 젊은 아가씨들의 사진이 연이어 나타났지. 사진 속의 그녀들은 자기 얼굴근육이 만들어낼 수 있는 가장 아름다운 미소를 머금고 있었어. 놀랄 만큼 순박했지. 머뭇거림과 막연한 기대, 부끄러움이 묻어나오는 눈빛이었어. 바보 같지? 눈빛이 한 인간의 전부일 수 있음을 아직도 믿다니. 내가 거기서 쉽게 빠져나오지 못했던 건 그들의 그 눈빛 탓이었을 거야.

어떤 순간, 한 여자가 내 눈에 확 들어왔어. 그건 가장하거나 꾸밀 수 있는 게 아니야. 천둥이 치면 곧 비가 내리는 것처럼,

한 번 그렇게 되고 나면 돌이킬 수 없는 감정이지. 그녀의 이름은 야나였어. '선물'이라는 뜻이라고 했어.

국제 웨딩 컴퍼니의 커플 매니저에게서 다시 전화가 왔을 때 나는 조금 떨었을 거야. 야나 때문이었지.

"원하시는 대로 가능해요. 혹시 평소에 특별히 선호하는 국가라도 있으신가요?"

여자는 흡사 올여름 휴가지를 묻는 사람 같았어.

"필리핀, 베트남, 조선족, 한족 다 있고요. 우즈벡이나 러시아 아가씨들도 아주 괜찮은 분들 많습니다."

나는 조급하지 않으려고 노력하면서 발음했어. 우즈베키스탄이라는 이름을. 그곳이 야나의 고향이었지. 야나가 우즈베키스탄 사람인 것이 아니라, 우즈베키스탄이 야나의 집인 거야. 두 가지는 전혀 다른 차원의 이야기지. 커플 매니저가 반색하는 기미가 전화기 너머까지 느껴졌어. 곧 자세한 안내 메일을 넣어주겠다고 했지.

메일에는 야나의 자세한 프로필이 들어 있었어. 그녀가 스물세 살이며, 168cm의 키에 52kg의 체중이라는 것. 대학에서 러시아문학을 전공하다 그만두고 지금은 사마르칸트라는 우즈벡 두 번째 도시에서 사무원으로 일하고 있다는 것. 등허리까지 늘어뜨린 칠흑 같은 머리칼과 초록색 눈동자에 대해서는, 꾹 다문 작은 입술에 대해서는 설명되어 있지 않았어. 나는 그녀가 무슨 사무실에 다닐까 상상해봤어. 내 직업 역시 사무원이라고 해야 옳겠지. 아침 8시 반까지 지하철로 출근을 하고 빈속에 다디단 자판기 커피를 마시면서 컴퓨터의 파워 버튼을 누르는 것으로 하루 일과를 시작하는.

그 나라의 점심시간도 정오부터일까. 그녀는 점심으로 무얼 먹을까. 나는 배달을 주로 하는 중국 음식점과, 싸구려 도시락 체인점과, 오피스텔 지하의 진미식당 중에서 어디로 가야 할지 날마다 고뇌하는 사람인데. 짜장면을 시켜야 할지 짬뽕을 시켜야 할지, 계란말이가 포함된 도시락으로 할 것인지 말 것인지, 진미식당의 된장찌개와 순두부 중에 무얼 선택해야 할지 매일매일 똑같이 망설이고 머뭇거리는 사람인데. 어쩌면 나는 그런 소소한 선택들 앞에서 주저할 때만 살아 있다는 생생한 감정을 느끼는지도 모른다는 생각이 들었어.

야나는 언제 살아 있는 것 같을까? 나는 그것을 꼭 알고 싶어졌어.

국제결혼 중개 회사의 커플 매니저는 나를 스페셜 회원으로 등록해주겠다고 했어. 내가 마음에 둔 여성과 맞대면하기 전에 메일을 주고받으며 서로를 알아볼 수 있는 기회를 준다는 거야. 아주 특별한 혜택이라고 강조했지. 먼저 백만 원을 계좌 이체하라고 했어.

"가입비라는 게 있잖아요. 입금하신 뒤에 재직증명서, 주민등록등본, 가족관계증명서, 여권 복사본을 저희 쪽으로 보내주시면 됩니다."

시키는 대로 나는 인터넷뱅킹으로 이체를 하고, 그들이 구비하라는 서류를 봉투에 담아 등기우편으로 발송했어. 커플 매니저에게서는 곧 연락이 왔어. 그녀가 나에 대해 매우 만족해하고 있으며 조만간 약혼식을 올리게 되기를 희망한다고 했지. 야나가 쓴 이메일은 업체를 거쳐 전달되었어. 'Hello, Lee.' 그녀의 편지는 그렇게 시작했어. 그녀의 영어는 단순하고 서툴렀지만 그 단순하고 서툰 마음이 고스란히 전해지는 느낌이었어.

'나를 선택해주어 고마워요. 어서 당신을 만나고 싶어요. 한국에 갈 것을 생각하니 매우 기뻐요. 사랑을 담아서, 야나.'

나는 그녀의 문장들을 오랫동안 바라봤어.

'천만에요. 내가 더 기뻐요, 야나. 나도 어서 당신을 만나고 싶어요.'

'사랑을 담아서'라고 나도 써야 하나 싶었지만 그만두었어. 야나를 만나는 건 생각보다 아주 간단하다고 했어.

"사진이 마음에 드셨더라도 실물을 직접 보면 또 다를 수가 있어요. 대화도 나눠보셔야죠. 괜찮다 싶으시면 바로 약혼식을 올립니다. 첫날밤도 그때 치르시고요. 그리고 귀국해서 서류 꾸미고 처리할 문제를 좀 처리한 다음에, 다시 우즈벡 들어가서 식을 올리는 겁니다."

총 경비는 두 장을 예상하라고 했어. 이천만 원 말이야. 간혹 중간에서 쓸데없이 가격을 부풀리는 악덕 브로커들도 있지만, 자신들은 거품을 쫙 뺀 실속 있는 업체라는 게 그들의 주장이었지. 차 한 대를 살 수 있는 돈이었어. 슬슬 내 중고차를 바꿀

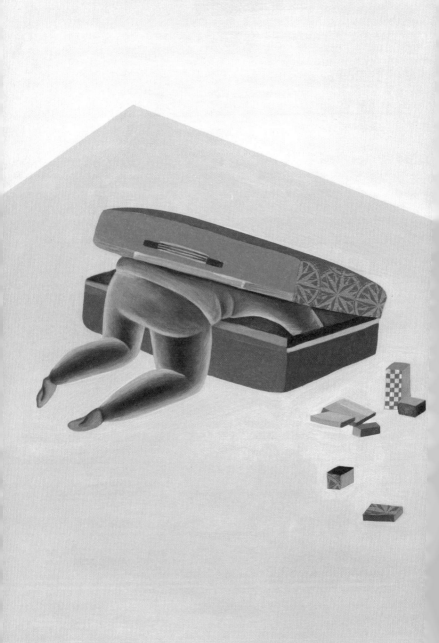

때가 되어간다는 사실이 떠올랐어. 새 자동차 대신 나는 아내를 얻게 되는 셈인가.

일은 일사천리로 진행되어갔지. 출국 날짜가 잡히고 나서 어머니에게 말씀드렸어. 어머니는 한숨을 내쉬었지만 곧 마음대로 하라고 했어. 우리 아들이 어디가 못나서 이렇게까지 해야 하나 싶지만, 셈 빠르고 편한 것만 찾는 여우 잘못 만나 고생하느니 착하고 심성 고운 외국 처자가 나을지 모른다고 어머니가 말했어. 어머니는 어쩌면 너를 떠올렸는지도 모르겠다. 너는 셈이 빠른 것도 아니고 편한 것만 찾는 여자도 아니고 여우도 아닌데. 나는 괜스레 미안해졌어. 너에게도, 어머니에게도, 야나에게도.

주말을 포함해도 닷새 이상 회사를 쉬기는 힘들었어. 며칠의 연차휴가를 신청하자 담당 직원이 놀라더라.

"과장님, 굉장히 중요한 일 있으신가 봐요."

전에 없던 경우이니 하는 말이겠지. 나는 고개를 끄덕였어. 굉장히 중요한 일이 분명하니까. 그 휴가 기간 동안, 나는 우즈베키스탄의 수도 타슈켄트로 날아가 거기서 다시 열차로 갈아 타고 그녀가 사는 도시인 사마르칸트로 가야 하지. 거기서 그녀를 만나고, 그녀의 가족과 친구들 앞에서 영원한 사랑을 맹세하는 약속을 하겠지. 그녀가 내 이마에 입을 맞춰줄 수도 있고 나도 그녀에게 키스할 수 있을지도 몰라. 그녀의 사진이 아니라, 살아 있는 몸을 만질 수 있을 테고 서툰 영어로 더듬더듬 사랑을 속삭이거나 영원한 미래를 설계할 수도 있을 거야. 그렇겠지. 그렇겠지.

우리가 지금껏 몇 번을 헤어지고 그러다 또 몇 번을 다시 만났는지 너는 세어보았니? 다섯 번째 헤어지던 날을 나는 잊지 못한다. 그날 우리는 밥을 먹고 커피를 마시는 일상적인 데이트를 했어. 적어도, 나는 그런 줄로만 알았지. 너는 영화를 보자고 했지. 나는, 글쎄 요즈음 볼만한 영화가 뭐 있나, 라고 대꾸했어. 볼만한 영화가 없다는 우회적 표현임을 너는 알고도 남았겠지. 극장 앞까지 가서도 볼만한 영화가 없다는 내 생각은 달라지지 않았어. 그러나 그건 무슨 영화를 봐도 상관없다는 의미이기도 했어. 네가 물어왔어.

"뭐 볼까?"

"몰라. 너 보고 싶은 거 아무거나."

나에게 나쁜 뜻은 전혀 없었지. 우리 사이는 항상 그렇게 굴러왔잖아. 나는 도리어 내 쪽에서 너를 배려해준다고 내심 생각하고 있었지. 표면적으로는 결국 네가 선택하는 경우가 대부분이었으니. 네가 느닷없이 화를 냈을 때 나는 놀랐어.

"그거 알아? 오빠는."

너는 숨을 참다가 훅 뱉었지.

"선택 결정 장애야."

말문이 막혔어.

"아무것도 결정하지 않지. 책임지지 않지."

나더러 들으라는 게 아니라 너 스스로 다짐하기 위해 하는 말 같았어. 그게 영영 마지막일 줄을 나는 정말로 몰랐어.

야나와 그 가족들에게 선물하기 위해 한국산 화장품을 좀 샀어. 우즈벡 여자들은 초면에 값진 선물을 하는 남자를 못 믿을 사람으로 취급한다면서 너무 비싼 걸 사지 말라고 커플 매니저가 귀띔해주더군. 트렁크를 꾸리면서 내 작은 선물이 그녀의 마음에 들었으면 좋겠다고 생각했어.

인천공항에서 타슈켄트까지 거기서 또 사마르칸트까지. 내 집 현관에서 그녀의 집 현관에 이르기까지 15시간은 족히 걸리겠지. 얼마나 먼 길인지 상상이 되지 않았어.

너의 집까지는 30분 거리였지. 극장 앞에서 얼굴을 붉힌 채 헤어진 뒤 우리는 연락하지 않았어. 나는 차라리 잘되었다고도 생각했어. 결혼 적령기가 훌쩍 지나버린 네가 언제까지 나처럼 가진 것 없고 보잘것없는 남자에게 매어 있도록 할 수는 없잖아. 지리멸렬한 연애는 그만둘 때도 되었지. 나보다 잘나고 가진 것 많은 너에게 더는 부담을 주고 싶지 않았어. 실은 그것이 내가 그 부담감이라는 부채를 감당하고 싶지 않다는 의미였음을 나는 시간이 더 흐르고 나서야 깨달았어.

네가 다른 사람과 결혼식을 올렸다는 소식을, 한참 뒤에야 바람결에 전해 듣고서 말이야.

공항에서, 인천발 타슈켄트행 항공기에 올라타지 않겠다고

하자 결혼 정보 회사 직원들은 비명을 질렀어. 대체 불만이 뭐냐고 묻더니, 야나 말고 다른 아가씨들 여러 명과 만나볼 수 있도록 스케줄을 바꾸겠다고 제안했어. 여권을 손에 꽉 쥔 채 나는 간신히 대답했어.

"생각할 시간이 더 필요합니다."

그들이 내 말을 완벽하게 이해했다고는 믿지 않아. 내가 그녀 마음에 들지 않을지도 몰라 무섭습니다, 라고 말할 걸 잘못했는지도 몰라. 나는 그대로 뒤돌아서 공항 청사를 천천히 걸어 나왔어. 바람이 제법 차더라. 네 목소리가 귓전에 울려 퍼지는 것 같았지.

오빠는 선택 결정 장애야.

맞아. 피식 웃음이 났어.

야나에게 편지를 썼어.

야나, 당신은 지금 나를 기다리고 있겠지요? 미안합니다. 정말 미안합니다. 내 마음이 진심이기 때문에 당신을 데리러 가지 못한다는 것을 언젠가는 알아주었으면 좋겠습니다. 야나, 나는 당신을 잘 모르지만, 당신이 무척 섬세하고 강인한 존재라는 것을 느낄 수 있습니다. 들꽃처럼 당신은 잘 살아야 합니다. 나도 그러겠습니다. 마지막 인사는 당신의 언어로 하겠습니다. 하이르. 하이르. 야나.

결혼 정보 업체에서 내 메일을 그녀에게 전달해줄까? 그럴 리가 없다는 걸 알면서도 기적이 일어났으면 좋겠다고 생각해.

언젠가 이런 문장을 읽은 적이 있어.

'자신을 완벽하게 고백하는 것은 어느 누구라도 불가능하다. 그리고 동시에 자신을 고백하지 않고서는 어떤 표현도 불가능하다.' *

비루한 고백을 들어줘서 고마워. 오랫동안 옆에 있어줘서 정말 고마워. 마지막으로 어떤 주저도 없이 말할게.

행복해라, 꼭.

* 『라쇼몬』, 아쿠타가와 류노스케